Gedichte in Prosa – das heißt: kurze Texte, die so präzise aus Bild, Sinn und Wort gefügt sind wie Gedichte, aber ohne den Zwang von Versmaß oder Reim – hat es «schon immer» gegeben. Man braucht nur an die Gleichnisse der Evangelisten zu denken, an Traktate des Meister Ekkehard oder des Abraham a Sancta Clara, an Hebels Kalendergeschichten, Kleists Anekdoten oder manche Märchen der Brüder Grimm.

Charles Baudelaire hat die kleine Prosaform als Kunstform erkannt und benannt und als besonders geeignet befunden, der ungereimten Realität des modernen Lebens poetisch beizukommen. Seine Szenen, Betrachtungen und kurzen Erzählungen sind eine, jawohl, moderne Lektüre, manchmal befremdend, ja erschreckend, aber öfter erhellend, bewegend, gewinnend und insgesamt höchst aufregend: von *uns* ist hier die Rede, von uns späten, ratlosen Weltstadt-Bürgern.

Dieses Taschenbuch enthält eine Auswahl aus dem berühmten postum erschienenen Band der Baudelaireschen Prosagedichte in französisch-deutschem Paralleldruck.

dtv zweisprachig · Edition Langewiesche-Brandt

Charles Baudelaire

Vingt-cinq poèmes en prose (Spleen de Paris)

Fünfundzwanzig Gedichte in Prosa

Auswahl, Übersetzung und Nachwort
von Ulrich Friedrich Müller und Marlies Müller-Bek

dtv

Deutscher Taschenbuch Verlag

Originalausgabe / Neuübersetzung
Mai 1993

Umschlaggestaltung: Celestino Piatti
Gesamtherstellung: Kösel, Kempten
ISBN 3-423-09305-6. Printed in Germany

Quel est celui de nous qui n'a pas, dans ses jours d'ambition, rêvé le miracle d'une prose poétique, musicale sans rythme et sans rime, assez souple et assez heurtée pour s'adapter aux mouvements lyriques de l'âme, aux ondulations de la rêverie, aux soubresauts de la conscience?

C. B.

Wer von uns hätte nicht in ehrgeizigen Augenblicken geträumt von dem Wunder einer dichterischen Prosa – klingend ohne rhythmischen Zwang und ohne Reim, geschmeidig genug und mit genug Härte, um den lyrischen Regungen der Seele, dem Wechselspiel der Träume, den Erschütterungen des Gewissens zu folgen?

C. B.

L'Étranger I

«Qui aimes-tu le mieux, homme énigmatique, dis? ton père, ta mère, ta sœur ou ton frère?

– Je n'ai ni père, ni mère, ni sœur, ni frère.

– Tes amis?

– Vous vous servez là d'une parole dont le sens m'est resté jusqu'à ce jour inconnu.

– Ta patrie?

– J'ignore sous quelle latitude elle est située.

– La beauté?

– Je l'aimerais volontiers, déesse et immortelle.

– L'or?

– Je le hais comme vous haïssez Dieu.

– Eh! qu'aimes-tu donc, extraordinaire étranger?

– J'aime les nuages, ... les nuages qui passent... là bas, ... les merveilleux nuages!»

Le Confiteor de l'Artiste III

Que les fins de journées d'automne sont pénétrantes! Ah! pénétrantes jusqu'à la douleur! car il est certaines sensations délicieuses dont le vague n'exclut pas l'intensité; et il n'est pas de pointe plus acérée que celle d l'Infini.

Grand délice que celui de noyer son regard dans l'immensité du ciel et de la mer! Solitude, silence, incomparable chasteté de l'azur! une petite voile frissonnante à l'horizon, et qui par sa petitesse et son isolement imite mon irrémédiable
6 existence, mélodie monotone de la houle, toutes
7 ces choses pensent par moi, ou je pense par elles

Der Fremdling

«Wen liebst du am meisten, rätselhafter Mensch, sag an? Vater, Mutter, Schwester oder Bruder?»

«Ich habe weder Vater noch Mutter noch Schwester noch Bruder.»

«Und deine Freunde?»

«Sie verwenden da ein Wort, dessen Sinn mir bis heute verborgen blieb.»

«Deine Heimat?»

«Ich weiß nicht, auf welchem Breitengrad die liegt.»

«Die Schönheit?»

«Gern würde ich sie lieben, diese unsterbliche Göttin.»

«Das Gold?»

«Ich hasse es so, wie Sie Gott hassen.»

«Was liebst du denn dann, sonderbarer Fremdling?»

«Ich liebe die Wolken ... die vorüberziehenden Wolken dort hinten ... die wunderbaren Wolken.»

Das Bekenntnis des Künstlers

Wie durchdringend ist so ein zu Ende gehender Herbsttag! Ach, durchdringend bis zum Schmerz! Es gibt ja solche köstlichen Stimmungen, deren Unbestimmtheit die Heftigkeit nicht ausschließt, und es gibt keinen schärferen Stachel als den des Unendlichen.

Welch hohes Entzücken, seinen Blick in die Unermeßlichkeit von Himmel und Meer zu versenken! Einsamkeit, Stille, unvergleichliche Keuschheit des Azur! Ein kleines, zitterndes Segel am Horizont, das in seiner Kleinheit und in seinem Alleinsein ein Abbild meiner heillosen Existenz ist, dazu die eintönige Melodie des Wellenschlags – alle diese Dinge denken durch mich

(car dans la grandeur de la rêverie, le *moi* se perd vite !); elles pensent, dis-je, mais musicalement et pittoresquement, sans arguties, sans syllogismes, sans déductions.

Toutefois, ces pensées, qu'elles sortent de moi ou s'élancent des choses, deviennent bientôt trop intenses. L'énergie dans la volupté crée un malaise et une souffrance positive. Mes nerfs trop tendus ne donnent plus que des vibrations criardes et douloureuses.

Et maintenant la profondeur du ciel me consterne; sa limpidité m'exaspère. L'insensibilité de la mer, l'immuabilité du spectacle, me révoltent... Ah! faut-il éternellement souffrir, ou fuir éternellement le beau? Nature, enchanteresse sans pitié, rivale toujours victorieuse, laisse-moi! Cesse de tenter mes désirs et mon orgueil! L'étude du beau est un duel où l'artiste crie de frayeur avant d'être vaincu.

Un Plaisant IV

C'était l'explosion du nouvel an: chaos de boue et de neige, traversé de mille carrosses, étincelant de joujoux et de bonbons, grouillant de cupidités et de désespoirs, délire officiel d'une grande ville fait pour troubler le cerveau du solitaire le plus fort.

Au milieu de tohu-bohu et de ce vacarme, un âne trottait vivement, harcelé par un malotru armé d'un fouet.

Comme l'âne allait tourner l'angle d'un trot-
8 toir, un beau monsieur ganté, verni, cruellement
9 cravaté et emprisonné dans des habits tout neufs,

oder ich denke durch sie (denn das Ich verliert sich rasch in der Größe des Traums!). Sie denken, sage ich, aber sie tun es musikalisch und malerisch, ohne Spitzfindigkeiten, ohne logische Schlüsse.

Doch diese Gedanken, ob sie nun aus mir selber kommen oder mir aus den Dingen entgegentreten, werden bald zu bedrängend. Die Stärke des Genusses schafft Unbehagen, ja, wirkliches Leiden. Meine allzu gespannten Nerven bringen nur noch schmerzhaft schrille Schwingungen zustande.

Und jetzt macht mich die Tiefe des Himmels bestürzt; seine Klarheit erregt meine Wut. Die Teilnahmslosigkeit des Meeres, die Unwandelbarkeit des Schauspiels empören mich... Ach! Muß man ewig leiden oder ewig vor dem Schönen fliehen? Natur, du erbarmungslos Verzaubernde, du stets siegreiche Rivalin, laß mich! Stell meine Sehnsüchte und meinen Stolz nicht länger auf die Probe! Die Suche nach dem Schönen ist ein Zweikampf, bei dem der Künstler vor Bangigkeit schreit, schon bevor er besiegt ist.

Ein Spaßvogel

Der gewohnte Wirbel zu Neujahr: ein Chaos von Matsch und Schnee, durchpflügt von tausend Wagen, glitzernd von Tand und Schleckereien, wimmelnd von Genußsucht und Verzweiflung – das amtlich verordnete Delirium einer großen Stadt, wie geschaffen, auch den stärksten Einzelgänger um den Verstand zu bringen.

Mitten in diesem Getümmel und Lärm trabte eilig ein Esel, den ein grober Kerl mit der Peitsche antrieb.

Als der Esel eben um eine Ecke des Gehsteigs biegen wollte, verneigte sich ein schöner Herr mit Handschuhen, Lackstiefeln, abscheulicher Krawatte und hautengen

s'inclina cérémonieusement devant l'humble bête, et lui dit, en ôtant son chapeau: «Je vous la souhaite bonne et heureuse!» puis se retourna vers je ne sais quels camarades avec un air de fatuité, comme pour les prier d'ajouter leur approbation à son contentement.

L'âne ne vit pas ce beau plaisant, et continua de courir avec zèle où l'appelait son devoir.

Pour moi, je fus pris subitement d'une incommensurable rage contre ce magnifique imbécile, qui me parut concentrer en lui tout l'esprit de la France.

La Chambre double V

Une chambre qui ressemble à une rêverie, une chambre véritablement *spirituelle,* où l'atmosphère stagnante est légèrement teintée de rose et de bleu.

L'âme y prend un bain de paresse, aromatisé par le regret et le désir. – C'est quelque chose de crépusculaire, de bleuâtre et de rosâtre; un rêve de volupté pendant une éclipse.

Les meubles ont des formes allongées, prostrées, alanguies. Les meubles ont l'air de rêver; on les dirait doués d'une vie somnambulique, comme le végétal et le minéral. Les étoffes parlent une langue muette, comme les fleurs, comme les ciels, comme les soleils couchants.

Sur les murs, nulle abomination artistique. Relativement au rêve pur, à l'impression non analysée, l'art défini, l'art positif est un blas-
10 phème. Ici tout a la suffisante clarté et la déli-
11 cieuse obscurité de l'harmonie.

nagelneuen Kleidern feierlich vor dem bescheidenen Tier, zog seinen Hut und redete es an: «Ich wünsche Ihnen ein gutes und glückliches neues Jahr!» Worauf er sich wieder zu irgendwelchen Begleitern wandte, und zwar mit so dünkelhafter Miene, als wolle er sie auffordern, seiner Selbstgefälligkeit zuzustimmen.

Der Esel sah den geschniegelten Spaßvogel gar nicht; er lief eifrig weiter, wohin ihn seine Pflicht rief.

Mich aber packte plötzlich ein ganz unangemessen wilder Zorn auf diesen großspurigen Dummkopf, der mir den ganzen Geist Frankreichs in sich zu vereinen schien.

Das doppelte Zimmer

Ein Zimmer, das so aussieht wie in einem Traum, ein geradezu «durchgeistigtes» Zimmer, ein Zimmer, in dem die bewegungslose Luft leicht rosa und blau getönt ist.

Die Seele nimmt darin ein von Wehmut und Verlangen geschwängertes Bad der Trägkeit. – Etwas Dämmeriges, Bläuliches, Rosiges ist das; ein wollüstiger Traum während einer Sonnenfinsternis.

Die Möbel haben längliche, hingebreitete, schmachtende Formen. Die Möbel scheinen zu träumen; man könnte meinen, sie seien mit einem nachtwandlerischen Leben begabt wie die Welt der Pflanzen und der Minerale. Die Stoffe reden eine stumme Sprache wie Blumen, wie Himmel, wie untergehende Sonnen.

An den Wänden keine künstlerischen Greuel. Verglichen mit dem reinen Traum, dem nicht hinterfragten Eindruck bleibt die fertige, konkrete Kunst etwas Lästerliches. Hier ist alles gerade hell genug und so köstlich dunkel wie die Harmonie.

Une senteur infinitésimale du choix le plus exquis, à laquelle se mêle une très légère humidité, nage dans cette atmosphère, où l'esprit sommeillant est bercé par des sensations de serre chaude.

La mousseline pleut abondamment devant les fenêtres et devant le lit; elle s'épanche en cascades neigeuses. Sur ce lit est couchée l'Idole, la souveraine des rêves. Mais comment est-elle ici? Qui l'a amenée? quel pouvoir magique l'a installée sur ce trône de rêverie et de volupté? Qu'importe? la voilà! je la reconnais.

Voilà bien ces yeux dont la flamme traverse le crépuscule; ces *subtiles* et terribles *mirettes*, que je reconnais à leur effrayante malice! Elles attirent, elles subjuguent, elles dévorent le regard de l'imprudent qui les contemple. Je les ai souvent étudiées, ces étoiles noires qui commandent la curiosité et l'admiration.

A quel démon bienveillant dois-je d'être ainsi entouré de mystère, de silence, de paix et de parfums? O béatitude! ce que nous nommons généralement la vie, même dans son expansion la plus heureuse, n'a rien de commun avec cette vie suprême dont j'ai maintenant connaissance et que je savoure minute par minute, seconde par seconde!

Non! il n'est plus de minutes, il n'est plus de secondes! Le temps a disparu! c'est l'Éternité qui règne, une éternité de délices!

Mais un coup terrible, lourd, a retenti à la porte, et, comme dans les rêves infernaux, il m'a semblé que je recevais un coup de pioche dans l'estomac.

Et puis un Spectre est entré. C'est un huissier
12 qui vient me torturer au nom de la loi; une
13 infâme concubine qui vient crier misère et ajou-

Ein kaum spürbarer, äußerst erlesen gewählter Wohlgeruch, in den sich eine ganz leichte Feuchtigkeit mischt, schwimmt in dieser Luft, wo der schlummernde Geist von Treibhausempfindungen gewiegt wird.

Verschwenderisch rieselt Musselin von den Fenstern und vom Bett herab; er ergießt sich in schneeweißen Kaskaden. Auf dem Bett aber ruht das Traumbild, die Herrin der Träume. Nur: wieso ist sie hier? Wer hat sie hergeführt? Welche Zaubermacht hat sie auf diesen Thron des Traumes und der Wollust gelegt? Ganz gleich – sie ist da! Ich erkenne sie.

Ja, das sind sie, diese Augen, deren Feuer die Dämmerung durchdringt; diese listigen, furchtbaren Rätsel-Augen, die ich an ihrer beängstigenden Tücke erkenne! Sie locken, sie unterjochen, sie verzehren den Blick dessen, der so unvorsichtig ist, sie zu betrachten. Oft habe ich sie erforscht, diese schwarzen Sterne, die zu Neugier und Bewunderung zwingen.

Welchem gütigen Dämon verdanke ich es, so von Geheimnis, Stille, Frieden und Wohlgerüchen umgeben zu sein?

Oh Seligkeit! Was wir üblicherweise das Leben nennen, hat selbst in seinem glücklichsten Verströmen nichts gemein mit diesem höchsten Leben, das ich nun erfahren habe und das ich auskoste, Minute um Minute, Sekunde um Sekunde!

Nein, es gibt keine Minuten mehr, es gibt keine Sekunden mehr! Die Zeit ist dahin! Die Ewigkeit herrscht, eine Ewigkeit der Entzückungen!

Doch ein fürchterlicher Schlag dröhnte schwer gegen die Tür, und wie in Höllenträumen war es mir, als bekäme ich einen Schlag mit der Spitzhacke in den Magen.

Und dann trat ein Gespenst herein. Ein Gerichtsvollzieher, der mich im Namen des Gesetzes peinigen will; eine erbärmliche Lebensgefährtin, die ihr Elend ausweinen und die Belanglosigkeiten ihres Lebens den Schmer-

ter les trivialités de sa vie aux douleurs de la mienne; ou bien le saute-ruisseau d'un directeur de journal qui réclame la suite du manuscrit.

La chambre paradisiaque, l'Idole, la souveraine des rêves, la *Sylphide* comme disait le grand René, toute cette magie a disparu au coup brutal frappé par le Spectre.

Horreur! je me souviens! je me souviens! Oui! ce taudis, ce séjour de l'éternel ennui, est bien le mien. Voici les meubles sots, poudreux, écornés; la cheminées sans flamme et sans braise, souillée de crachats; les tristes fenêtres où la pluie a tracé des sillons dans la poussière; les manuscrits raturés ou incomplets; l'almanach où le crayon a marqué les dates sinistres!

Et ce parfum d'un autre monde, dont je m'enivrais avec une sensibilité perfectionnée, hélas! il est remplacé par une fétide odeur de tabac mêlée à je ne sais quelle nauséabonde moisissure. On respire ici maintenant le ranci de la désolation.

Dans ce monde étroit, mais si plein de dégoût, un seul objet connu me sourit: la fiole de laudanum; une vieille et terrible amie; comme toutes les amies, hélas! féconde en caresses et en traîtrises.

Oh! oui, le Temps a reparu: le Temps règne en souverain maintenant; et avec le hideux vieillard est revenu tout son démoniaque cortège de Souvenirs, de Regrets, de Spasmes, de Peurs, d'Angoisses, de Cauchemars, de Colères et de Névroses.

Je vous assure que les secondes maintenant sont fortement et solennellement accentuées, et chacune, en jaillissant de la pendule, dit: «Je suis la Vie, l'insupportable, l'implacable Vie!»

zen des meinen hinzufügen möchte; oder der Laufjunge eines Zeitungsdirektors, der die Fortsetzung des Manuskripts holen soll.

Das paradiesische Zimmer, das Idol, die Herrin der Träume, die Sylphide, wie sie der große Chateaubriand genannt hat, all dieser Zauber ist mit dem rohen Schlag des Gespenstes verschwunden.

Entsetzlich! Ich erinnere mich! Ich erinnere mich! Ja! Dieses Elendsloch, dieser Ort ewigen Überdrusses ist in der Tat meine Behausung. Da sind die verstaubten, angestoßenen Allerweltsmöbel; der Kamin ohne Feuer und ohne Glut voller Speichelflecken; die traurigen Fenster, auf denen der Regen Spuren in den Staub gezogen hat; die zerstrichenen oder unfertigen Manuskripte; der Taschenkalender, in dem der Bleistift die düsteren Tage vermerkt hat!

Und der Duft jener anderen Welt, an dem ich mich mit äußerst gesteigerter Erregbarkeit berausche, ach, er ist verdrängt von einer Mischung aus widerlichem Tabaksgeruch und ich weiß nicht was für einem stinkenden Schimmel. Ranzige Verzweiflung atmet man hier jetzt.

In dieser engen Welt, die dabei so übervoll ist von Ekel, lächelt mir ein einziger bekannter Gegenstand zu: die kleine Flasche mit dem Opium, die vertraute, furchtbare Freundin, aber ach, wie alle Freundinnen trächtig von Zärtlichkeit und Verrat.

Oh ja! Die Zeit ist wieder da, die Zeit regiert jetzt als unumschränkte Herrscherin, und mit ihr, der häßlichen Alten, ist ihr ganzes dämonisches Gefolge von Erinnerungen, Reuegefühlen, Krämpfen, Ängsten, Beklemmungen, Alpdrücken, Wutausbrüchen und Neurosen zurückgekehrt.

Ich versichere euch: Die Sekunden sind jetzt deutlich und feierlich voneinander abgesetzt, und jede ruft, indem sie von der Wanduhr springt: «Ich bin das Leben, das unerträgliche, das unerbittliche Leben!»

Il n'y a qu'une Seconde dans la vie humaine qui ait mission d'annoncer une bonne nouvelle, la *bonne nouvelle* qui cause à chacun une inexplicable peur.

Oui! le Temps règne; il a repris sa brutale dictature. Et il me pousse, comme si j'étais un bœuf, avec son double aiguillon! «Et hue donc, bourrique! Sue donc, esclave! Vis donc, damné!»

Chacun sa Chimère — VI

Sous un grand ciel gris, dans une grande plaine poudreuse, sans chemins, sans gazon, sans un chardon, sans une ortie, je recontrai plusieurs hommes qui marchaient courbés.

Chacun d'eux portait sur son dos une énorme Chimère, aussi lourde qu'un sac de farine ou de charbon, ou le fourniment d'un fantassin romain.

Mais la monstrueuse bête n'était pas un poids inerte: au contraire, elle enveloppait et opprimait l'homme de ses muscles élastiques et puissants; elle s'agrafait avec ses deux vastes griffes à la poitrine de sa monture; et sa tête fabuleuse surmontait le front de l'homme, comme un de ces casques horribles par lesquels les anciens guerriers espéraient ajouter à la terreur de l'ennemi.

Je questionnai l'un de ces hommes, et je lui demandai où ils allaient ainsi. Il me répondit qu'il n'en savait rien, ni lui, ni les autres; mais qu'évidemment ils allaient quelque part, puisqu'ils étaient poussés par un invincible besoin de marcher.

 Chose curieuse à noter; aucun de ces voyageurs n'avait l'air irrité contre la bête féroce sus-

Es gibt im Menschenleben nur eine einzige Sekunde, die gesandt ist, eine gute Botschaft zu bringen, *die* gute Botschaft, die jedem eine so unerklärliche Furcht bereitet.

Ja! Die Zeit regiert alles; sie hat ihre rücksichtslose Herrschaft wieder aufgerichtet. Und sie treibt mich, als wäre ich ein Ochse, mit ihrem Doppelstachel: «Hü doch, störrischer Kerl! Schwitz doch, Sklave! Leb doch, Verdammter!»

Jedem seine Chimäre

Unter einem weiten grauen Himmel, auf einer weiten staubigen Ebene ohne Wege, ohne Rasen, ohne eine Distel, ohne eine Brennessel, traf ich ein paar Männer, die gebeugt einherschritten.

Jeder trug eine riesige Chimäre auf dem Rücken, die so schwer war wie ein Sack Mehl oder Kohle oder wie das Marschgepäck eines römischen Legionärs.

Aber das schauerliche Ungeheuer war keine reglose Last; im Gegenteil, es umklammerte und drückte den Mann mit seinen zähen, mächtigen Muskeln; es klammerte sich mit seinen beiden breiten Klauen an die Brust des Menschen, auf dem es ritt, und sein urweltliches Haupt ragte über die Stirn des Mannes wie ein Schreckhelm, mit dem die Krieger früherer Zeiten die Furcht der Feinde zu vergrößern hofften.

Ich befragte einen der Männer und wollte wissen, wohin sie denn unterwegs seien. Er erwiderte mir, das wisse er nicht, er nicht und die anderen auch nicht, aber offenbar gingen sie irgendwohin, da sie von einem unwiderstehlichen Drang zum Weitergehen getrieben würden.

Eines war seltsam zu beobachten: Keiner der Wanderer machte den Eindruck, als habe er etwas gegen die

pendue à son cou et collée à son dos; on eût dit qu'il la considérait comme faisant partie de lui-même. Tous ces visages fatiguées et sérieux ne témoignaient d'aucun désespoir; sous la coupole spleenétique du ciel, les pieds plongés dans la poussière d'un sol aussi désolé que ce ciel, ils cheminaient avec la physionomie résignée de ceux qui sont condamnés à espérer toujours.

Et le cortège passa à côté de moi et s'enfonça dans l'atmosphère de l'horizon, à l'endroit où la surface arrondie de la planète se dérobe à la curiosité du regard humain.

Et pendant quelques instants je m'obstinai à vouloir comprendre ce mystère; mais bientôt l'irrésistible Indifférence s'abattit sur moi, et j'en fus plus lourdement accablé qu'ils ne l'étaient eux-mêmes par leurs écrasantes Chimères.

Le Chien et le Flacon VIII

«Mon beau chien, mon bon chien, mon cher toutou, approchez et venez respirer un excellent parfum acheté chez le meilleur parfumeur de la ville.»

Et le chien, en frétillant de la queue, ce qui est, je crois, chez ces pauvres êtres, le signe correspondant du rire et du sourire, s'approche et pose curieusement son nez humide sur le flacon débouché; puis, reculant soudainement avec effroi, il aboie contre moi en manière de reproche.

«Ah! misérable chien, si je vous avais offert un paquet d'excréments, vous l'auriez flairé avec
18 délices et peut-être dévoré. Ainsi, vous-même,
19 indigne compagnon de ma triste vie, vous res-

wilde Bestie, die ihm am Hals hing und auf dem Rücken klebte; man konnte meinen, daß jeder sie als Teil seiner selbst ansah. Alle diese müden, ernsten Gesichter zeugten von keinerlei Verzweiflung; unter der schwermütig lastenden Himmelskuppel, die Füße tief im Staub eines Bodens, der ebenso trostlos war wie der Himmel – so gingen sie dahin mit dem ergebenen Ausdruck derer, die dazu verdammt sind, ständig zu hoffen.

Und der Zug schritt dicht an mir vorbei und tauchte in den Dunst am Horizont ein, dort, wo sich die gewölbte Oberfläche des Planeten der Neugier des menschlichen Blicks entzieht.

Und einige Augenblicke lang wollte ich dieses Geheimnis unbedingt begreifen. Aber bald überkam mich unwiderstehliche Gleichgültigkeit und machte mich noch schwerer bedrückt als die Männer unter ihren lastenden Chimären.

Der Hund und das Fläschchen

«Mein schöner Hund, mein guter Hund, mein lieber Lumpi, komm doch mal her und riech an diesem herrlichen Parfüm, das ich in der besten Parfümerie der Stadt gekauft habe!»

Und der Hund wedelt mit dem Schwanz, was, glaube ich, bei diesen armen Wesen ein Zeichen ist, das dem Lachen und Lächeln entspricht; er kommt heran und legt seine feuchte Nase voller Neugier auf das entkorkte Fläschchen. Dann weicht er plötzlich ganz entsetzt zurück und bellt mich vorwurfsvoll an.

«Ach, du elender Hund! Hätte ich dir ein Päckchen Kot angeboten, hättest du es mit Entzücken beschnuppert und vielleicht sogar gefressen. Also gleichst auch du, unwürdiger Gefährte meines traurigen Daseins,

semblez au public, à qui il ne faut jamais présenter des parfums délicats qui l'exaspèrent, mais des ordures soigneusement choisies.»

Le Mauvais Vitrier IX

Il y a des natures purement contemplatives et tout à fait impropres à l'action, qui cependant, sous une impulsion mystérieuse et inconnue, agissent quelquefois avec une rapidité dont elles se seraient crues elles-mêmes incapables.

Tel qui, craignant de trouver chez son concierge une nouvelle chagrinante, rôde lâchement une heure devant sa porte sans oser rentrer, tel qui garde quinze jours une lettre sans la décacheter, ou ne se résigne qu'au bout de six mois à opérer une démarche nécessaire depuis un an, se sentent quelquefois brusquement précipités vers l'action par une force irrésistible, comme la flèche d'un arc. Le moraliste et le médecin, qui prétendent tout savoir, ne peuvent pas expliquer d'où vient si subitement une si folle énergie à ces âmes paresseuses et voluptueuses, et comment, incapables d'accomplir les choses les plus simples et les plus nécessaires, elles trouvent à une certaine minute un courage de luxe pour exécuter les actes les plus absurdes et souvent même les plus dangereux.

Un de mes amis, le plus inoffensif rêveur qui ait existé, a mis une fois le feu à une forêt pour voir, disait-il, si le feu prenait avec autant de facilité qu'on l'affirme généralement. Dix fois de suite l'expérience manqua; mais, à la onzième,
20 elle réussit beaucoup trop bien.
21 Un autre allumera un cigare à côté d'un ton-

dem Publikum: auch dem darf man niemals köstliche Wohlgerüche anbieten, die es nur verbittern, sondern mit Sorgfalt ausgewählten Müll.»

Der schlechte Glaser

Es gibt rein kontemplative und zu jeder Tat ungeeignete Naturen, die dennoch plötzlich einmal, aus einem geheimnisvollen, unbekannten Antrieb heraus, mit einer Schnelligkeit handeln, die sie sich selber nie zugetraut hätten.

Solche Leute drücken sich aus Furcht, beim Hausmeister eine betrübliche Nachricht vorzufinden, eine Stunde lang feige vor der Tür herum und wagen nicht hineinzugehen, sie lassen einen Brief vierzehn Tage ungeöffnet oder entschließen sich erst nach sechs Monaten zu einem Schritt, der schon seit einem Jahr nötig war. Mit einem Mal fühlen sie sich von einer unwiderstehlichen Kraft zum Handeln hingerissen wie der Pfeil auf dem Bogen. Der Moralist und der Arzt, auch wenn sie behaupten, alles zu wissen, können nicht erklären, woher diese trägen und genußsüchtigen Seelen so plötzlich eine derart wilde Energie beziehen und wieso diese Menschen, die unfähig sind, die einfachsten und notwendigsten Dinge zu erledigen, zu einer bestimmten Minute den Luxus eines Mutes aufbringen, der sie völlig ausgefallene und oft sogar überaus gefährliche Dinge ausführen läßt.

Ein Freund von mir, der harmloseste Träumer, den es je gegeben hat, steckte einmal einen Wald in Brand; er sagte, er wolle sehen, ob sich das Feuer wirklich so ohne weiteres ausbreitet, wie allgemein behauptet werde. Zehnmal nacheinander scheiterte der Versuch, das elfte Mal gelang er viel zu gut.

Ein anderer zündet vielleicht seine Zigarre neben

neau de poudre, *pour voir, pour savoir, pour tenter la destinée*, pour se contraindre lui-même à faire preuve d'énergie, pour faire le joueur, pour connaître les plaisirs de l'anxiété, pour rien, par caprice, par désœuvrement.

C'est une espèce d'énergie qui jaillit de l'ennui et de la rêverie; et ceux en qui elle se manifeste si opinément sont, en général, comme je l'ait dit, les plus indolents et les plus rêveurs des êtres.

Un autre, timide à ce point qu'il baisse les yeux même devant les regards des hommes, à ce point qu'il lui faut rassembler toute sa pauvre volonté pour entrer dans un café ou passer devant le bureau d'un théâtre, où les contrôleurs lui paraissent investis de la majesté de Minos, d'Éaque et de Rhadamante, sautera brusquement au cou d'un vieillard qui passe à côté de lui et l'embrassera avec enthousiasme devant la foule étonnée.

Pourquoi? Parce que..., parce que cette physionomie lui était irrésistiblement sympathique? Peut-être; mais il est plus légitime de supposer que lui-même il ne sait pas pourquoi.

J'ai été plus d'une fois victime de ces crises et de ces élans, qui nous autorisent à croire que des Démons malicieux se glissent en nous et nous font accomplir, à notre insu, leurs plus absurdes volontés.

Un matin je m'étais levé maussade, triste, fatigué d'oisiveté, et poussé, me semblait-il, à faire quelque chose de grand, une action d'éclat; et j'ouvris la fenêtre, hélas!

(Observez, je vous prie, que l'esprit de mystification, qui, chez quelques personnes, n'est pas le
22 résultat d'un travail ou d'une combinaison, mais
23 d'une inspiration fortuite, participe beaucoup, ne

einem Pulverfaß an, *um zu sehen, um zu wissen, um das Schicksal herauszufordern,* um sich selber zu einer Kraftprobe zu zwingen, um sich als Spieler zu fühlen, um die Freuden der Angst kennenzulernen, für nichts und wieder nichts, aus Laune, aus schierem Nichtstun.

Es handelt sich um eine Art Energie, die aus Langeweile und Verträumtheit aufsteigt; diejenigen, bei denen sie sich so nachdrücklich äußert, sind wie gesagt im allgemeinen die trägsten und verträumtesten Wesen.

Ein anderer ist so schüchtern, daß er vor dem bloßen Blick der Menschen die Augen niederschlägt, daß er seinen ganzen kümmerlichen Willen zusammennehmen muß, um in ein Café einzutreten oder an der Theaterkasse vorbeizugehen, wo ihm die Platzanweiser von den Majestäten Minos, Aiokos und Rhadamanthys eingesetzt zu sein scheinen. Aber unvermittelt fällt er dann einem vorübergehenden alten Mann um den Hals und küßt ihn überschwenglich vor den Augen der erstaunten Menge.

Warum? Weil . . . , weil dieses Gesicht ihm unwiderstehlich sympathisch war? Vielleicht. Aber mit mehr Recht darf man annehmen, daß er selber nicht weiß, warum.

Ich bin selber mehr als einmal das Opfer solcher Krisen und solchen Überschwangs gewesen, die uns zu der Überzeugung berechtigen, daß sich böswillige Dämonen in uns einschleichen und uns, unmerklich, ihre ausgefallensten Wünsche in die Tat umsetzen lassen.

Eines Morgens war ich übellaunig, traurig, vom Nichtstun ermüdet aufgestanden und fühlte, so kam es mir vor, das Bedürfnis, etwas Großartiges zu tun, etwas ganz Besonderes, und leider öffnete ich das Fenster.

(Bitte beachten Sie, daß der Hang zum Hereinlegen, der bei manchen nicht das Ergebnis einer Anstrengung oder eines Denkvorgangs, sondern einer zufälligen Eingebung ist, viel zu tun hat, und sei es nur in der Hitze

fût-ce que par l'ardeur du désir, de cette humeur, hystérique selon les médecins, satanique selon ceux qui pensent un peu mieux que les médecins, qui nous pousse sans résistance vers une foule d'actions dangereuses ou inconvenantes.)

La première personne que j'aperçus dans la rue, ce fut un vitrier, dont le cri perçant, discordant, monta jusqu'à moi à travers la lourde et sale atmosphère parisienne. Il me serait d'ailleurs impossible de dire pourquoi je fus pris à l'égard de ce pauvre homme d'une haine aussi soudaine que despotique.

– «Hé! hé!» et je lui criai de monter. Cependant je réfléchissais, non sans quelque gaieté, que, la chambre étant au sixième étage et l'escalier fort étroit, l'homme devait éprouver quelque peine à opérer son ascension et accrocher en maint endroit les angles de sa fragile marchandise.

Enfin il parut; j'examinai curieusement toutes ses vitres, et je lui dis: «Comment! vous n'avez pas de verres de couleur? des verres roses, rouges, bleus, des vitres magiques, des vitres de paradis? Impudent que vous êtes! vous osez vous promener dans les quartiers pauvres, et vous n'avez pas même de vitres qui fassent voir la vie en beau!» Et je le poussai vivement vers l'escalier, où il trébucha en grognant.

Je m'approchai du balcon et je me saisis d'un petit pot de fleurs, et quand l'homme reparut au débouché de la porte, je laissai tomber perpendiculairement mon engin de guerre sur le rebord postérieur de ses crochets; et, le choc le renversant, il acheva de briser sous son dos toute sa pauvre fortune ambulatoire, qui rendit le bruit éclatant d'un palais de cristal crevé par la foudre.

des Wunsches, mit dieser Unternehmungslust – Ärzte nennen sie hysterisch, aber wer etwas klarer denkt als Ärzte, nennt sie diabolisch –, die uns widerstandslos zu einer Fülle von gefährlichen oder ungehörigen Handlungen treibt.)

Der erste Mensch, den ich auf der Straße erblickte, war ein Glaser, dessen durchdringender, häßlich klingender Ruf durch den schweren, schmutzigen Pariser Dunst zu mir heraufdrang. Ich bin völlig außerstande zu sagen, warum mich ausgerechnet auf diesen armen Mann ein ebenso plötzlicher wie überwältigender Haß ergriff.

«He! He!» rief ich. Er solle heraufkommen. Dabei überlegte ich, nicht ohne einige Belustigung, daß mein Zimmer im sechsten Stock lag und das Treppenhaus sehr eng war, daß der Mann also einige Mühe haben mußte, den Aufstieg zu schaffen, und gewiß an mehreren Stellen mit den Ecken seiner zerbrechlichen Ware anstoßen würde.

Endlich erschien er. Ich prüfte neugierig alle seine Scheiben und sagte zu ihm: «Wie? Sie haben keine bunten Gläser? Keine rosafarbenen, roten, blauen Gläser, keine Zauberscheiben, keine Paradiesscheiben? Sie unverschämter Mensch! Sie wagen es, in den Armeleutevierteln herumzugehen, und haben nicht einmal Scheiben, die *das Leben in schön* zeigen?» Und ich stieß ihn heftig zur Treppe hin, die er schimpfend hinunterstolperte.

Ich trat an den Balkon und ergriff einen kleinen Blumentopf. Als der Mann in der Türöffnung wieder auftauchte, ließ ich mein Geschoß senkrecht auf den hinteren Rand seines Traggestells fallen, und weil er vor Schreck hinschlug, zerbrach ihm sein ganzes bescheidenes ambulantes Kapital vollends unter seinem Rücken, wobei es ein klirrendes Krachen von sich gab wie ein vom Blitz zerschmetterter Kristallpalast.

Et, ivre de ma folie, je lui criai furieusement! «La vie en beau! la vie en beau!»

Ces plaisantieres nerveuses ne sont pas sans péril, et on peut souvent les payer cher. Mais qu'importe l'éternité de la damnation à qui a trouvé dans une seconde l'infini de la jouissance!

A une heure du matin x

Enfin! seul! On n'entend plus que le roulement de quelques fiacres attardés et éreintés. Pendant quelques heures, nous posséderons le silence, sinon le repos. Enfin! la tyrannie de la face humaine a disparu, et je ne souffrirai plus que par moi-même.

Enfin! il m'est donc permis de me délasser dans un bain de ténèbres! D'abord, un double tour à la serrure. Il me semble que ce tour de clef augmentera ma solitude et fortifiera les barricades qui me séparent actuellement du monde.

Horrible vie! Horrible ville! Récapitulons la journée: avoir vu plusieurs hommes de lettres, dont l'un m'a demandé si l'on pouvait aller en Russie par voie de terre (il prenait sans doute la Russie pour une île); avoir disputé généreusement contre le directeur d'une revue, qui à chaque objection répondait: «C'est ici le parti des honnêtes gens", ce qui implique que tous les autres journaux sont rédigés par des coquins; avoir salué une vingtaine de personnes, dont quinze me sont inconnues; avoir distribué des poignées de main dans la même proportion, et cela sans
26 avoir pris la précaution d'acheter des gants; être
27 monté pour tuer le temps, pendant une averse,

Trunken von meiner tollen Tat rief ich ihm wütend nach: «Das Leben in schön! Das Leben in schön!»

Solche nervösen Scherze sind nicht ohne Gefahr und können teuer zu stehen kommen. Aber was schert die Ewigkeit der Verdammnis einen Menschen, der in einer Sekunde die Unendlichkeit des Genusses gefunden hat?

Um ein Uhr nachts

Endlich! Allein! Man hört nur noch das Rollen einiger später, abgehetzter Droschken. Für ein paar Stunden werden wir Stille haben, vielleicht sogar Ruhe. Endlich! Die Zwangsherrschaft der Menschengesichter ist vorbei, und ich werde nur noch unter mir selber zu leiden haben.

Endlich! Ich darf mich nun in einem Bad von Dunkelheit entspannen! Erst einmal die Tür doppelt abschließen. Ich habe das Gefühl, daß diese Umdrehung des Schlüssels mein Alleinsein verstärkt und die Schutzwälle befestigt, die mich jetzt von der Welt trennen.

Schreckliches Leben! Schreckliche Stadt! Gehen wir den Tag noch einmal durch: Mit mehreren Literaten gesprochen, von denen einer mich gefragt hat, ob man auf dem Landweg nach Russland fahren kann (offenbar hielt er Russland für eine Insel). Ausführlich mit einem Zeitschriftendirektor gestritten, der auf jeden Einwand entgegnete: «Wir sind hier im Lager der anständigen Leute», was bedeuten soll, daß alle anderen Blätter von Schurken redigiert werden. An die zwanzig Leute gegrüßt, von denen ich fünfzehn gar nicht kenne. Dementsprechend Händedrücke verteilt – und das, ohne vorsichtshalber Handschuhe gekauft zu haben. Während eines Regenschauers zum Zeitvertreib eine Tänzerin besucht, die mich gebeten hatte, ihr ein «Venus»-Ko-

chez une sauteuse, qui m'a prié de lui dessiner un costume de *Vénustre;* avoir fait ma cour à un directeur de théâtre, qui m'a dit en me congédiant!» Vous feriez peut-être bien de vous adresser à Z...; c'est le plus lourd, le plus sot et le plus célèbre de tous mes auteurs; avec lui vous pourriez peut-être aboutir à quelque chose. Voyez-le, et puis nous verrons»; m'être vanté (pourquoi?) de plusieurs vilaines actions que je n'ai jamais commises, et avoir lâchement nié quelques autres méfaits que j'ai accomplis avec joie, délit de fanfaronnade, crime de respect humain; avoir refusé à un ami un service facile, et donné une recommandation écrite à un parfait drôle; ouf! est-ce bien fini?

Mécontent de tous et mécontent de moi, je voudrais bien me racheter et m'enorgueillir un peu dans le silence et la solitude de la nuit. Ames de ceux que j'ai aimés, âmes de ceux que j'ai chantés, fortifiez-moi, soutenez-moi, éloignez de moi le mensonge et les vapeurs corruptrices du monde; et vous, Seigneur mon Dieu! accordez-moi la grâce de produire quelques beaux vers qui me prouvent à moi-même que je ne suis pas le dernier des hommes, que je ne suis pas inférieur à ceux que je méprise.

Les Foules XII

Il n'est pas donné à chacun de prendre un bain de multitude: jouir de la foule est un art; et celui-là seul peut faire, aux dépens du genre humain,
28 une ribote de vitalité, à qui une fée à insufflé
29 dans son berceau le goût du travestissement et

stüm zu entwerfen. Einem Theaterdirektor Artigkeiten gesagt, der mich mit den Worten hinauskomplimentierte: «Vielleicht täten Sie gut daran, sich an Z. zu wenden; er ist der plumpeste, dümmste und berühmteste meiner Autoren. Vielleicht könnten Sie mit ihm zusammen etwas zustandebringen. Besuchen Sie ihn mal, dann werden wir weitersehen.»

Mich einiger Niederträchtigkeiten gerühmt (warum?), die ich nie begangen habe, und feige ein paar andere Schlechtigkeiten geleugnet, die ich mit Freuden vollbracht habe: Vergehen der Prahlerei, Verbrechen der Menschenfurcht. Einem Freund einen leichten Dienst abgeschlagen und für einen kompletten Trottel einen Empfehlungsbrief geschrieben. Uff! War das nun alles?

Unzufrieden mit allen und unzufrieden mit mir, würde ich gern in der Stille und Einsamkeit der Nacht Erlösung finden und wieder etwas Stolz gewinnen. Ihr Seelen all derer, die ich geliebt, ihr Seelen all derer, die ich besungen habe, stärkt mich, steht mir bei, haltet die Lüge und die verderblichen Dünste der Welt von mir fern! Und du, mein Herr und Gott, gewähre mir die Gnade, ein paar schöne Verse zu schreiben, die mir selber beweisen, daß ich nicht der letzte bin unter den Menschen, daß ich nicht geringer bin als die, die ich verachte!

Die Massen

Es ist nicht jedem gegeben, ein Bad in der Menge zu nehmen: die Masse zu genießen, ist eine Kunst, und nur der kann sich auf Kosten des Menschengeschlechts ein solches Schwelgen in Lebensfülle leisten, dem schon in der Wiege eine Fee die Lust an Verkleidung und

du masque, la haine du domicile et la passion du voyage.

Multitude, solitude! termes égaux et convertibles par le poète actif et fécond. Qui ne sait pas peupler sa solitude ne sait pas non plus être seul dans une foule affairée.

Le poète jouit de cet incomparable privilège, qu'il peut à sa guise être lui-même et autrui. Comme ces âmes errantes qui cherchent un corps, il entre, quand il veut, dans le personnage de chacun. Pour lui seul, tout est vacant; et si de certaines places paraissent lui être fermées, c'est qu'à ses yeux elles ne valent pas la peine d'être visitées.

Le promeneur solitaire et pensif tire une singulière ivresse de cette universelle communion. Celui-là qui épouse facilement la foule connaît des jouissances fiévreuses, dont seront éternellement privés l'égoïste, fermé comme un coffre, et le paresseux, interné comme un mollusque. Il adopte comme siennes toutes les professions, toutes les joies et toutes les misères que la circonstance lui présente.

Ce que les hommes nomment amour est bien petit, bien restreint et bien faible, comparé à cette ineffable orgie, à cette sainte prostitution de l'âme qui se donne tout entière, poésie et charité, à l'imprévu qui se montre, à l'inconnu qui passe.

Il est bon d'apprendre quelquefois aux heureux de ce monde, ne fût-ce que pour humilier un instant leur sot orgueil, qu'il est des bonheurs supérieurs au leur, plus vastes et plus raffinés. Les fondateurs de colonies, les pasteurs de peuples, les prêtres missionnaires exilés au bout du monde, connaissent sans doute quelque chose de

Maske, den Haß auf das Zuhause und die Leidenschaft des Reisens eingehaucht hat.

Menge, Einsamkeit: gleichbedeutende und vom tätigen, fruchtbaren Dichter austauschbare Wörter! Wer seine Einsamkeit nicht bevölkern kann, kann auch in einer geschäftigen Menge nicht allein sein.

Der Dichter genießt das unvergleichliche Vorrecht, daß er nach Belieben er selber und ein anderer zu sein vermag. Wie die irrenden Seelen, die einen Leib suchen, tritt er, wann immer er will, in die Person jedes Mitmenschen ein. Ihm allein ist alles zugänglich und wenn ihm manche Orte verschlossen zu sein scheinen, so deshalb, weil sie in seinen Augen die Mühe eines Besuchs nicht lohnen.

Der einsame und nachdenkliche Spaziergänger bezieht aus dieser Gemeinschaft mit allem und allen einen einzigartigen Rausch. Wer sich leicht der Menge vermählt, kennt fieberhafte Genüsse, von denen der Egoist, verschlossen wie ein Geldschrank, und der Träge, mit sich selber lebend wie eine Schnecke, in alle Ewigkeit nichts wissen werden. Er geht, als gehörten sie ihm, in allen Berufen, allen Freuden und allen Leiden auf, die ihm der Zufall bietet.

Was die Menschen Liebe nennen, ist wirklich klein, beschränkt und schwach im Vergleich zu dieser unsagbaren Orgie, dieser heiligen Unzucht der Seele, die sich in Poesie und Anteilnahme ganz dem Unvorhergesehenen ausliefert, wann immer es sich zeigt, dem Unbekannten, wann immer es des Weges kommt.

Es ist gut, wenn man den Glücklichen dieser Welt, und wäre es nur, um ihren törichten Hochmut für einen Augenblick zu beugen, klarmacht, daß es höhere Glückseligkeiten gibt als die ihre – umfassendere und erlesenere. Die Kolonisatoren, die Völkerhirten, die ans Ende der Welt verschlagenen Missionspriester wissen zweifellos etwas von diesem geheimnisvollen Rausch, und im

ces mystérieuses ivresses; et, au sein de la vaste famille que leur génie s'est faite, ils doivent rire quelquefois de ceux qui les plaignent pour leur fortune si agitée et pour leur vie si chaste.

Le Vieux Saltimbanque XIV

Partout s'étalait, se répandait, s'ébaudissait le peuple en vacances. C'était une de ces solennités sur lesquelles, pendant un long temps, comptent les saltimbanques, les faiseurs de tours, les montreurs d'animaux et les boutiquiers ambulants, pour compenser les mauvais temps de l'année.

En ces jours-là il me semble que le peuple oublie tout, la douleur et le travail; il devient pareil aux enfants. Pour les petits, c'est un jour de congé, c'est l'horreur de l'école renvoyée à vingt-quatre heures. Pour les grands, c'est un armistice conclu avec les puissances malfaisantes de la vie, un répit dans la contention et la lutte universelles.

L'homme du monde lui-même et l'homme occupé de travaux spirituels échappent difficilement à l'influence de ce jubilé populaire. Ils absorbent, sans le vouloir, leur part de cette atmosphère d'insouciance. Pour moi, je ne manque jamais, en vrai Parisien, de passer la revue de toutes les baraques qui se pavanent à ces époques solennelles.

Elles se faisaient, en vérité, une concurrence formidable: elles piaillaient, beuglaient, hurlaient. C'était un mélange de cris, de détonations de cuivre et d'explosions de fusées. Les queues-
32 rouges et les jocrisses convulsaient les traits de
33 leurs visages basanés, racornis par le vent, la

Schoße der großen Familie, die sich ihr Genius geschaffen hat, lachen sie gewiß manchmal über die Leute, von denen sie wegen ihrer dramatischen Existenz und ihres keuschen Lebens bemitleidet werden.

Der alte Gaukler

Überall machte es sich breit, ließ es sich gehen, vergnügte es sich – das feiertägliche Volk. Es war einer jener Festtage, auf welche die Gaukler, die Taschenspieler, die Tierbändiger und die ambulanten Händler lange im voraus rechnen, um die schlechten Zeiten des Jahres auszugleichen.

Es kommt mir so vor, als vergesse das Volk an solchen Tagen alles, allen Schmerz und alle Arbeit; es wird den Kindern gleich. Für die Kleinen ist es ein freier Tag, die Schrecken der Schule sind um vierundzwanzig Stunden hinausgeschoben. Für die Großen ist es ein Waffenstillstand mit den unheilvollen Mächten des Lebens, eine Atempause im Streit und Kampf aller gegen alle.

Selbst der Mann von Welt und derjenige, der eine geistige Tätigkeit ausübt, können sich der Wirkung eines solchen Volksfestes nur mit Mühe entziehen. Sie bekommen, ohne es zu wollen, ihren Teil von der sorglosen Stimmung mit. Ich jedenfalls versäume es als echter Pariser nie, alle Buden in Augenschein zu nehmen, die sich zu solchen Feierzeiten darbieten.

Sie machten sich wahrlich gewaltig Konkurrenz: sie quietschten, bähten, heulten. Es war ein Durcheinander von Schreien, dröhnendem Kupfer und knallenden Raketen.

Die Hanswurste und die dummen Auguste verzogen ihre schwarzbraunen, von Wind, Regen und Son-

pluie et le soleil; ils lançaient, avec l'aplomb des comédiens sûrs de leurs effets, des bons mots et des plaisanteries d'un comique solide et lourd comme celui de Molière. Les hercules, fiers de l'énormité de leurs membres, sans front et sans crâne, comme les orangs-outangs, se prélassaient majestueusement sous les maillots lavés la veille pour la circonstance. Les danseuses, belles comme des fées ou des princesses, sautaient et cabriolaient sous le feu des lanternes qui remplissaient leurs jupes d'étincelles.

Tout n'était que lumière, poussière, cris, joie, tumulte; les uns dépensaient, les autres gagnaient, les uns et les autres également joyeux. Les enfants se suspendaient aux jupons de leurs mères pour obtenir quelque bâton de sucre, ou montaient sur les épaules de leurs pères pour mieux voir un escamoteur éblouissant, comme un dieu. Et partout circulait, dominant tous les parfums, une odeur de friture qui était comme l'encens de cette fête.

Au bout, à l'extrême bout de la rangée de baraques, comme si, honteux, il s'était exilé lui-même de toutes ces splendeurs, je vis un pauvre saltimbanque, voûté, caduc, décrépit, une ruine d'homme, adossé contre un des poteaux de sa cahute, une cahute plus misérable que celle du sauvage le plus abruti, et dont deux bouts de chandelles, coulants et fumants, éclairaient trop bien encore la détresse.

Partout la joie, le gain, la débauche; partout la
certitude du pain pour les lendemains; partout
l'explosion frénétique de la vitalité. Ici la misère
absolue, la misère affublée, pour comble d'hor-
34 reur, de haillons comiques, où la nécessité, bien
35 plus que l'art, avait introduit le contraste. Il ne

ne gegerbten Gesichter. Mit der Selbstsicherheit von Schauspielern, die ihrer Wirkung gewiß sind, brachten sie ihre Kalauer und ihre Späße dar, in einer handfesten, derben, an Molière erinnernden Komik. Die starken Männer, stolz auf ihre ungeheuren Gliedmaßen, paradierten majestätisch ohne Stirn und Hinterkopf wie Orang-Utans in ihren tags zuvor für diese Gelegenheit gewaschenen Trikots. Die Tänzerinnen, schön wie Feen oder Prinzessinnen, sprangen und vollführten ihre Kapriolen im Laternenlicht, das ihre Röcke mit Funken übersprühte.

Nichts als Licht, Staub, Schreie, Freude, Getümmel; die einen gaben aus, die anderen nahmen ein, die einen wie die anderen gleich vergnügt. Die Kinder hängten sich an die Röcke ihrer Mütter, um irgendeine Zuckerstange zu bekommen, oder kletterten auf die Schultern ihrer Väter, um einen göttergleich blendenden Zauberkünstler besser zu sehen. Und um das Ganze herum schwebte, jeden anderen Geruch überdeckend, ein Dunst von Bratfett, der so etwas wie der Weihrauch dieses Festes war.

Am Ende, am äußersten Ende der Budenreihe, als hätte er verschämt sich selber von all diesem Glanz ausgeschlossen, sah ich einen armen Gaukler, der gebeugt, hinfällig, gebrechlich, ein Menschen-Wrack, an einem Pfosten seiner Hütte lehnte, die elender war als die Hütte des erbärmlichsten Wilden und deren Trostlosigkeit von zwei tropfenden, blakenden Kerzenstümpfen noch immer zu gut beleuchtet wurde.

Überall Freude, Gewinn, Ausgelassenheit; überall das sichere Brot für die folgenden Tage; überall unbändig schäumende Lebenskraft. Hier dagegen das absolute Elend, das zur höchsten Steigerung des Schrecklichen in komische Lumpen gehüllte Elend: die Not hatte diesen Gegensatz hervorgebracht, kaum die Kunst. Er lachte

riait pas, le misérable! Il ne pleurait pas, il ne dansait pas, il ne gesticulait pas, il ne criait pas; il ne chantait aucune chanson, ni gaie ni lamentable, il n'implorait pas. Il était muet et immobile. Il avait renoncé, il avait abdiqué. Sa destinée était faite.

Mais quel regard profond, inoubliable, il promenait sur la foule et les lumières, dont le flot mouvant s'arrêtait à quelques pas de sa répulsive misère! Je sentis ma gorge serrée par la main terrible de l'hystérie, et il me sembla que mes regards étaient offusqués par ces larmes rebelles qui ne veulent pas tomber.

Que faire? A quoi bon demander à l'infortuné quelle curiosité, quelle merveille il avait à montrer dans ces ténèbres puantes, derrière son rideau déchiqueté? En vérité, je n'osais; et, dût la raison de ma timidité vous faire rire, j'avouerai que je craignais de l'humilier. Enfin, je venais de me résoudre à déposer en passant quelque argent sur une de ces planches, espérant qu'il devinerait mon intention, quand un grand reflux de peuple, causé par je ne sais quel trouble, m'entraîna loin de lui.

Et, m'en retournant, obsédé par cette vision, je cherchai à analyser ma soudaine douleur, et je me dis: «Je viens de voir l'image du vieil homme de lettres qui a survécu à la génération dont il fut le brillant amuseur; du vieux poète sans amis, sans famille, sans enfants, dégradé par sa misère et par l'ingratitude publique, et dans la baraque de qui le monde oublieux ne veut plus entrer!»

auch nicht, der Ärmste! Er weinte nicht, tanzte nicht, gestikulierte nicht, schrie nicht; er sang kein Lied, kein lustiges und kein klagendes, er bat nicht um Gaben. Er verharrte stumm und regungslos. Er hatte sich abgefunden, hatte abgedankt. Sein Schicksal war entschieden.

Aber welch einen tiefen, unvergeßlichen Blick ließ er über die Menge und die Lichter schweifen, deren flutende Bewegung wenige Schritte neben seinem abstoßenden Elend aufhörte. Ich fühlte, wie mir die furchtbare Hand der Hysterie die Kehle zudrückte, und ich meinte zu spüren, wie meine Augen trüb wurden von den bitteren Tränen, die nicht rinnen wollen.

Was tun? Wozu sollte ich den Unglücklichen fragen, was er Seltsames oder Wunderbares in der stinkenden Dunkelheit hinter seinem zerrissenen Vorhang zu zeigen hatte? Offen gestanden: ich wagte es nicht; und wenn euch dieser Grund für meine Schüchternheit lächerlich vorkommen sollte, so lautet mein Geständnis: ich fürchtete, ihn zu demütigen. Endlich hatte ich mich durchgerungen, ihm im Vorbeigehen etwas Geld auf eines der Bretter zu legen. Ich hoffte, er würde meine Absicht erraten. Da kam, durch irgendeinen Zwischenfall verursacht, ein großer Rückstrom von Menschen und riß mich weit von ihm weg.

Auf dem Heimweg, noch erfüllt von dieser Erscheinung, versuchte ich mir meinen plötzlichen Schmerz zu erklären und sagte: «Ich habe das Symbol für den gealterten Literaten gefunden, der die Generation überlebt hat, deren glänzender Unterhalter er gewesen war; das Symbol für den alten Dichter ohne Freunde, ohne Familie, ohne Kinder, erniedrigt vom Elend und der Undankbarkeit des Publikums, in einer Bude, in welche die vergeßliche Welt nicht mehr eintreten mag.»

Les Chinois voient l'heure dans l'œil des chats.

Un jour, un missionnaire, se promenant dans la banlieue de Nankin, s'aperçut qu'il avait oublié sa montre, et demanda à un petit garçon quelle heure il était.

Le gamin du céleste Empire hésita d'abord; puis, se ravisant, il répondit: «Je vais vous le dire.» Peu d'instants après, il reparut, tenant dans ses bras un fort gros chat, et le regardant, comme on dit, dans le blanc des yeux, il affirma sans hésiter: «Il n'est pas encore tout a fait midi.» Ce qui était vrai.

Pour moi, si je me penche vers la belle Féline, la si bien nommée, qui est à la fois l'honneur de son sexe, l'orgueil de mon cœur, et le parfum de mon esprit, que ce soit la nuit, que ce soit le jour, dans la pleine lumière ou dans l'ombre opaque, au fond de ses yeux adorables je vois toujours l'heure distinctement, toujours la même, une heure vaste, solennelle, grande comme l'espace, sans divisions de minutes ni de secondes, – une heure immobile qui n'est pas marquée sur les horloges, et cependant légère comme un soupir, rapide comme un coup d'œil.

Et si quelque importun venait me déranger pendant que mon regard repose sur ce délicieux cadran, si quelque Génie malhonnête et intolérant, quelque Démon du contretemps venait me dire! «Que regardes-tu là avec tant de soin? Que cherches-tu dans les yeux de cet être? Y vois-tu l'heure, mortel prodigue et fainéant?» je répondrais sans hésiter: «Oui, je vois l'heure: il est
38 l'Éternité!»

39 N'est-ce pas, madame, que voici un madrigal

Die Uhr

Die Chinesen lesen an den Augen der Katzen die Stunden ab.

Eines Tages merkte ein Missionar, der sich in den Vorstädten von Nanking erging, daß er seine Uhr vergessen hatte, und er fragte einen kleinen Jungen, wie spät es sei.

Der Knabe aus dem Reich der Mitte zögerte zunächst. Dann besann er sich und erwiderte: «Ich sage es Ihnen gleich.» Wenig später kam er mit einer großen Katze im Arm wieder, und indem er ihr, wie man so sagt, ins Weiße der Augen starrte, erklärte er ohne weiteres: «Es ist noch nicht ganz Mittag.» Was wirklich zutraf.

Ich aber neigte mich über meine schöne Feline, zu der ihr Katzenname so gut paßt und die zugleich die Zierde ihres Geschlechts, der Stolz meines Herzens, der Duft meines Geistes ist, und sehe bei Tag oder Nacht, in vollem Licht oder in tiefem Schatten in ihren wunderbaren Augen stets ganz genau die Stunde,

die stets gleiche, eine weite, feierliche Stunde, groß wie der Weltraum, nicht zerteilt in Minuten oder Sekunden – eine unverrückbare, auf keiner Uhr angegebene Stunde, und dennoch flüchtig wie ein Seufzer, geschwind vorbei wie ein Lidschlag.

Käme ein lästiger Mensch und störte mich, während mein Blick auf diesem reizenden Zifferblatt ruht, käme ein niederträchtiger, unduldsamer Genius, so etwas wie der Dämon der Unzeit, um mich zu fragen: «Was schaust du da so genau an? Was suchst du in den Augen dieses Wesens? Siehst du darin die Zeit, du vergeuderischer, nichtsnutziger Sterblicher?» – ich würde ohne Zögern erwidern: «Ja, ich sehe darin die Zeit; sie ist die Ewigkeit!»

Ist das nicht ein wahrhaft verdienstvolles Madrigal,

vraiment méritoire, et aussi emphatique que vous-même? En vérité, j'ai eu tant de plaisir à broder cette prétentieuse galanterie, que je ne vous demanderai rien en échange.

Un Hémisphère dans une Chevelure XVII

Laisse-moi respirer longtemps, lontemps, l'odeur de tes cheveux, y plonger tout mon visage, comme un homme altéré dans l'eau d'une source, et les agiter avec ma main comme un mouchoir odorant, pour secouer des souvenirs dans l'air.

Si tu pouvais savoir tout ce que je vois! tout ce que je sens! tout ce que j'entends dans tes cheveux! Mon âme voyage sur le parfum comme l'âme des autres hommes sur la musique.

Tes cheveux contiennent tout un rêve, plein de voilures et de mâtures; ils contiennent de grandes mers dont les moussons me portent vers de charmants climats, où l'espace est plus bleu et plus profond, où l'atmosphère est parfumée par les fruits, par les feuilles et par la peau humaine.

Dans l'océan de ta chevelure, j'entrevois un port fourmillant de chants mélancoliques, d'hommes vigoureux de toutes nations et de navires de toutes formes découpant leurs architectures fines et compliquées sur un ciel immense où se prélasse l'éternelle chaleur.

Dans les caresses de ta chevelure, je retrouve les langueurs des longues heures passées sur un divan, dans la chambre d'un beau navire,

bercées

par le roulis imperceptible du port, entre les pots de fleurs et les gargoulettes refrâchissantes.

Madame, und so überschwenglich wie Sie selber? Nur: ich habe so viel Vergnügen daran gefunden, diese anspruchsvolle Liebenswürdigkeit zu sticken, daß ich keine Gegengabe von Ihnen begehre.

Die halbe Welt in deinem Haar

Lass mich lange, lange den Duft deiner Haare atmen! Mein ganzes Gesicht möchte ich in sie versenken – so taucht ein Durstiger ins labende Wasser einer Quelle – und sie mit meiner Hand zerwühlen wie ein duftendes Tuch, um Erinnerungen in die Luft zu schütteln.

Wenn du nur nachempfinden könntest, was ich alles sehe! Was ich alles spüre! Was ich alles höre in deinen Haaren! Meine Seele wird vom Duft weit entrückt wie die Seelen anderer Menschen von der Musik.

Deine Haare enthalten einen ganzen Traum voller Segel und Masten; sie enthalten große Meere, auf denen mich die Monsunwinde zu heiteren Himmelsstrichen führen, wo der Weltraum blauer und tiefer ist, wo die Luft geschwängert ist mit dem Duft von Früchten, von Laub und von menschlicher Haut.

Im Ozean deines Haares sehe ich einen Hafen vor mir, in dem es wimmelt von schwermütigen Gesängen, von kräftigen Männern aller Völker, von Schiffen aller Formen, die ihre zarten, kunstvollen Aufbauten auf einen ungeheuren, in ewiger Wärme sich dehnenden Himmel zeichnen.

In den Liebkosungen deines Haares kommt mir die süße Mattigkeit der langen Stunden wieder, die ich einst auf einem Diwan in der Kajüte eines schönen Schiffes verbracht habe, gewiegt von der unmerklichen Dünung des Hafens, umgeben von Blumentöpfen und kühlen Wasserkrügen.

Dans l'ardent foyer de ta chevelure, je respire l'odeur du tabac mêlé à l'opium et au sucre; dans la nuit de ta chevelure, je vois resplendir l'infini de l'azur tropical; sur les rivages duvetés de ta chevelure, je m'enivre des odeurs combinées du goudron, du musc et de l'huile de coco.

Laisse-moi mordre longtemps tes tresses lourdes et noires. Quand je mordille tes cheveux élastiques et rebelles, il me semble que je mange des souvenirs.

Le Joujou du Pauvre — XIX

Je veux donner l'idée d'un divertissement innocent. Il y a si peu d'amusements qui ne soient pas coupables!

Quand vous sortirez le matin avec l'intention décidée de flâner sur les grandes routes, remplissez vos poches de petites inventions à un sol, – telles que le polichinelle plat mû par un seul fil, les forgerons qui battent l'enclume, le cavalier et son cheval dont la queue est un sifflet, – et, le long des cabarets, au pied des arbres, faites-en hommage aux enfants inconnus et pauvres que vous recontrerez.

Vous verrez leurs yeux s'agrandir démesurément. D'abord, ils n'oseront pas prendre; ils douteront de leur bonheur. Puis, leurs mains agripperont vivement le cadeau, et ils s'enfuiront comme font les chats qui vont manger loin de vous le morceau que vous leur avez donné, ayant appris à se défier de l'homme.

42 Sur une route, derrière la grille d'un vaste jar-
43 din au bout duquel apparaissait la blancheur d'un

In der verzehrenden Glut deines Haares atme ich den Duft des mit Opium und Zucker versetzten Tabaks. In der Nacht deines Haares sehe ich die Unendlichkeit des tropischen Azurs erstrahlen. An den flaumigen Gestaden deines Haares berausche ich mich am Duftgemisch von Teer, Moschus und Kokosöl.

Lass mich lange in deine schweren, schwarzen Flechten beißen. Wenn ich an deinen schmiegsamen, widerspenstigen Haaren nage, ist mir zumute, als äße ich Erinnerungen.

Das Spielzeug des armen Kindes

Ich will euch die Anregung zu einer unschuldigen Zerstreuung liefern. Es gibt ja kaum ein Vergnügen, das einen nicht schuldig werden läßt.

Wenn ihr morgens mit der festen Absicht aufbrecht, auf der Landstraße spazierenzugehen, so füllt eure Taschen mit kleinen Späßchen zu einem Groschen – also dem platten Hampelmann, den man an einem Faden bewegt, den Schmieden, die abwechselnd auf den Amboß schlagen, dem Reiter auf seinem Pferd, dessen Schweif ein Pfeif chen ist – und verschenkt sie vor den Gasthäusern und unter den Bäumen an die unbekannten armen Kinder, denen ihr begegnet. Ihr werdet sehen, wie ihre Augen übergroß aufgehen. Erst werden sie nicht zuzugreifen wagen; sie werden nicht an ihr Glück glauben. Aber dann werden ihre Hände rasch das Geschenk packen, und sie werden entfliehen wie die Katzen, die ja auch weit von euch weglaufen, um den Brocken zu fressen, den ihr ihnen gegeben habt, weil sie gelernt haben, dem Menschen zu mißtrauen.

Auf einer Straße, hinter dem Gitter eines weiten Gartens, an dessen Ende ein hübsches, von der Sonne be-

joli château frappé par le soleil, se tenait un enfant beau et frais, habillé de ces vêtements de campagne si pleins de coquetterie.

Le luxe, l'insouciance et le spectacle habituel de la richesse rendent ces enfants-là si jolis, qu'on les croirait faits d'une autre pâte que les enfants de la médiocrité ou de la pauvreté.

A côté de lui, gisait sur l'herbe un joujou splendide, aussi frais que son maître, verni, doré, vêtu d'une robe pourpre, et couvert de plumets et de verroteries. Mais l'enfant ne s'occupait pas de son joujou préféré, et voici ce qu'il regardait:

De l'autre côté de la grille, sur la route, entre les chardons et les orties, il y avait un autre enfant, sale, chétif, fuligineux, un de ces marmots-parias dont un œil impartial découvrirait la beauté, si, comme l'œil du connaisseur devine une peinture idéale sous un vernis de carrossier, il le nettoyait de la répugnante patine de la misère.

A travers ces barreaux symboliques séparant deux mondes, la grande route et le château, l'enfant pauvre montrait à l'enfant riche son propre joujou, que celui-ci examinait avidement comme un objet rare et inconnu. Or, ce joujou, que le petit souillon agaçait, agitait et secouait dans une boîte grillée, c'était un rat vivant! Les parents, par économie sans doute, avaient tiré le joujou de la vie elle-même.

Et les deux enfants se riaient l'un à l'autre fraternellement, avec des dents d'une *égale* blancheur.

schienenes Schloß weiß schimmerte, stand ein schönes, frisches Kind; es trug bäuerliche Tracht, die ja durchaus kokett wirkt.

Luxus, Sorglosigkeit und die Gewöhnung an den Anblick des Reichtums machen solche Kinder so hübsch, daß man meint, sie seien aus anderem Stoff geformt als die Kinder einfacher oder armer Leute.

Neben ihm lag im Gras ein prächtiges Spielzeug, so frisch wie sein Besitzer, lackiert, vergoldet, in ein Purpurkleid gehüllt und über und über mit Federschmuck und Glasperlen bedeckt. Aber das Kind kümmerte sich nicht um sein Lieblingsspielzeug, sondern betrachtete etwas ganz anderes:

Jenseits des Gitters, auf der Straße, zwischen Disteln und Brennesseln, stand ein zweites Kind, schmutzig, verkümmert und rußschwarz, einer von den kleinen Parias, deren Schönheit ein unvoreingenommenes Auge entdecken würde, wenn man die abstoßende Patina des Elends wegputzte, so wie das Auge des Kenners ein Gemälde von idealer Vollkommenheit unter einem trüben Droschkenfirnis erahnt.

Durch die symbolhaften Gitterstäbe, welche die beiden Welten, Landstraße und Schloß, voneinander trennten, zeigte das arme Kind sein eigenes Spielzeug, das von dem reichen Kind als ein seltener, nie gesehener Gegenstand begierig betrachtet wurde. Dieses Spielzeug aber, das der kleine Dreckspatz neckte, jagte und in einem vergitterten Kistchen schüttelte, war eine lebendige Ratte! Die Eltern, gewiß aus Sparsamkeit, hatten das Spielzeug wahrhaft aus dem Leben gegriffen.

Die beiden Kinder lachten einander brüderlich an, und ihre Zähne hatten den *gleichen* weißen Glanz.

C'était grande assemblée des Fées, pour procéder à la répartition des dons parmi tous les nouveau-nés arrivés à la vie depuis vingt-quatre heures.

Toutes ces antiques et capricieuses Sœurs du Destin, toutes ces Mères bizarres de la joie et de la douleur, étaient fort diverses: les unes avaient l'air sombre et rechigné; les autres, un air folâtre et malin; les unes, jeunes, qui avaient toujours été jeunes; les autres, vieilles, qui avaient toujours été vieilles.

Tous les pères qui ont foi dans les Fées étaient venus, chacun apportant son nouveau-né dans ses bras.

Les Dons, les Facultés, les bons Hasards, les Circonstances invincibles étaient accumulés à côté du tribunal, comme les prix sur l'estrade dans une distribution de prix. Ce qu'il y avait ici de particulier, c'est que les Dons n'étaient pas la récompense d'un effort, mais tout au contraire une grâce accordée à celui qui n'avait pas encore vécu, une grâce pouvant déterminer sa destinée et devenir aussi bien la source de son malheur que de son bonheur.

Les pauvres Fées étaient très affairées; car la foule des solliciteurs était grande, et le monde intermédiaire, placé entre l'homme et Dieu, est soumis comme nous à la terrible loi du Temps et de son infinie postérité, les Jours, les Heures, les Minutes, les Secondes.

En vérité, elles étaient aussi ahuries que des ministres un jour d'audience, ou des employés du Mont-de-Piété quand une fête nationale autorise
46 les dégagements gratuits. Je crois même qu'elles
47 regardaient de temps à autre l'aiguille de l'hor-

Die Gaben der Feen

Es wurde eine große Versammlung der Feen abgehalten, um die Verteilung der Gaben unter sämtliche Neugeborenen der letzten vierundzwanzig Stunden vorzunehmen.

All die altertümlichen und launenhaften Schicksalsschwestern, all die seltsamen Mütter von Freude und Schmerz unterschieden sich stark voneinander: die einen hatten ein düsteres und mürrisches Aussehen, die anderen ein ausgelassenes und pfiffiges; die einen sahen jung aus wie eh und je, die anderen sahen alt aus wie eh und je.

Alle Väter waren voll Vertrauen zu den Feen gekommen. Jeder hielt sein Neugeborenes im Arm.

Die Gaben, die Fähigkeiten, die guten Zufälle, die unumstößlichen Gegebenheiten waren auf der Seite des Gerichtes aufgetürmt, wie bei einer Preisverleihung die Trophäen auf dem Podium. Das besondere in diesem Fall war, daß die Gaben nicht als Belohnung für eine Leistung gewährt wurden, sondern ganz im Gegenteil als Gnade für jemanden, der sein Leben noch vor sich hatte, eine Gnade, die sein Schicksal bestimmen, sich zur Quelle seines Unheils oder aber seines Glücks entwikkeln konnte.

Die armen Feen waren sehr beschäftigt, denn die Zahl der Bittsteller war groß, und die Zwischenwelt, eingeordnet zwischen Mensch und Gott, unterliegt wie wir dem schrecklichen Gesetz der Zeit und ihrer unendlichen Nachkommenschaft: den Tagen, den Stunden, den Minuten, den Sekunden.

Wahrhaftig: Die Feen waren genauso verwirrt wie Minister an Audienztagen oder Angestellte des Leihamtes, wenn ein Nationalfeiertag die kostenlose Auslösung der Pfänder gestattet. Ich glaube gar, sie schauten ab und zu mit gleicher Ungeduld auf die Uhrzeiger wie

loge avec autant d'impatience que des juges humains qui, siégeant depuis le matin, ne peuvent s'empêcher de rêver au dîner, à la famille et à leurs chères pantoufles. Si, dans la justice surnaturelle, il y a un peu de précipitation et de hasard, ne nous étonnons pas qu'il en soit de même quelquefois dans la justice humaine. Nous serions nous-mêmes, en ce cas, des juges injustes.

Aussi furent commises ce jour-là quelques bourdes qu'on pourrait considérer comme bizarres, si la prudence, plutôt que le caprice, était le caractère distinctif, éternel, des Fées.

Ainsi, la puissance d'attirer magnétiquement la fortune fut adjugée à l'héritier unique d'une famille très riche, qui, n'étant doué d'aucun sens de charité, non plus que d'aucune convoitise pour les biens les plus visibles de la vie, devait se trouver plus tard prodigieusement embarrassé de ses millions.

Ainsi furent donnés l'amour du Beau et la Puissance poétique au fils d'un sombre gueux, carrier de son état, qui ne pouvait, en aucune façon, aider les facultés, ni soulager les besoins de sa déplorable progéniture.

J'ai oublié de vous dire que la distribution, en ces cas solennels, est sans appel, et qu'aucun don ne peut être refusé.

Toutes les Fées se levaient, croyant leur corvée accomplie; car il ne restait plus aucun cadeau, aucune largesse à jeter à tout ce fretin humain, quand un brave homme, un pauvre petit commerçant, je crois, se leva, et, empoignant par sa robe de vapeurs multicolores la Fée qui était le plus à sa portée, s'écria:

«Eh! madame! vous nous oubliez! Il y a encore

mon petit! Je ne veux pas être venu pour rien.»

menschliche Richter, die nach einer schon morgens begonnenen Sitzung nicht umhin können, vom Abendessen, ihren Familien und ihren geliebten Pantoffeln zu träumen. Wenn schon in der überirdischen Rechtsprechung ein wenig Hast und Zufall herrschen, so soll es uns nicht wundern, daß es manchmal in der menschlichen Rechtsprechung ebenso zugeht. Wir wären in solchem Fall selber ungerechte Richter.

So geschahen an jenem Tag einige Schnitzer, die man als seltsam empfinden könnte, wäre die entscheidende, stete Eigenschaft der Feen nicht vielmehr Klugheit als Eigensinn.

So wurde die Kraft, Vermögen magnetisch an sich zu ziehen, dem einzigen Erben einer sehr reichen Familie verliehen. Da er keinerlei Sinn für Wohltätigkeit hatte und die sichtbarsten Güter des Lebens gar nicht begehrte, mußte er mit seinen Millionen später reichlich in Verlegenheit geraten.

Und so wurden die Liebe zum Schönen und dichterische Fähigkeiten dem Sohn eines düsteren Gesellen, Steinklopfer seines Zeichens, zugeteilt, der in keiner Weise die Begabungen seiner bedauernswerten Nachkommen fördern noch deren Not lindern konnte.

Ich vergaß zu erwähnen, daß bei solch feierlichen Gelegenheiten die Verteilung unwiderruflich ist, und daß keine Gabe zurückgewiesen werden darf.

Alle Feen erhoben sich, in der Annahme, ihre schwere Arbeit getan zu haben, denn es blieb kein Geschenk, keine Spende übrig, um sie diesem Menschengesindel hinzuwerfen. Da stand ein braver Mann auf – ein armer Kleinkrämer, nehme ich an – packte die ihm zunächst stehende Fee an ihrem buntfarbigen Dunstgewand und schrie:

«Halt, Madame, Sie vergessen uns! Hier ist noch mein Kleiner! Ich möchte nicht vergeblich gekommen sein!»

La Fée pouvait être embarrassée; car il ne restait plus *rien*. Cependant elle se souvint à temps d'une loi bien connue, quoique rarement appliquée, dans le monde surnaturel, habité par ces déités impalpables, amies de l'homme, et souvent contraintes de s'adapter à ses passions, telles que les Fées, les Gnomes, les Salamandres, les Sylphides, les Sylphes, les Nixes, les Ondins et les Ondines, – je veux parler de la loi qui concède aux Fées, dans un cas semblable à celui-ci, c'est-à-dire le cas d'épuisement des lots, la faculté d'en donner encore un, supplémentaire et exceptionnel, pourvu toutefois qu'elle ait l'imagination suffisante pour le créer immédiatement.

Donc la bonne Fée répondit, avec un aplomb digne de son rang! – Je donne à ton fils . . ., je lui donne . . . le *Don de plaire*.

– Mais plaire, comment? plaire? . . . plaire, pourquoi? – demanda opiniâtrement le petit boutiquier, qui était sans doute un de ces raisonneurs si communs, incapables de s'élever jusqu'à la logique de l'Absurde.

– Parce que! parce que! – répliqua la Fée courroucée, en lui tournant le dos; et, rejoignant le cortège de ses compagnes, elle leur disait: – Comment trouvez-vous ce petit Français vaniteux, qui veut tout comprendre, et qui, ayant obtenu pour son fils le meilleur des lots, ose encore interroger et discuter l'indiscutable?

La Solitude XXIII

50 Un gazetier philanthrope me dit que la solitude
51 est mauvaise pour l'homme; et, à l'appui de sa

Fast wäre die Fee in Verlegenheit geraten, denn es war nichts mehr da. Doch besann sie sich sogleich auf ein wohlbekanntes, wenn auch selten angewandtes Gesetz der übernatürlichen Welt und ihrer Bewohner, der kaum wahrnehmbaren Gottheiten, die dem Menschen freundlich gesonnen sind und oft nicht umhin können, sich seinen Leidenschaften anzupassen, als da sind: Feen, Gnomen, Salamander, Sylphiden, Sylphen, Nixen, Wassermänner und Meerjungfrauen – ich meine das Gesetz, das einer Fee in einem solchen Fall, wenn alle Lose verteilt sind, die Fähigkeit verleiht, noch ein weiteres, ein außerordentliches zu vergeben, vorausgesetzt, sie verfügt über genug Phantasie, augenblicklich eines zu erschaffen.

So erwiderte die gute Fee mit einer Kühnheit, die ihrer Stellung Würde verlieh: «Ich gebe deinem Sohn ... ich gebe ihm ... die Fähigkeit zu gefallen.»

«Wieso gefallen, wie bitte? Gefallen? Warum denn gefallen?» fragte der kleine Krämer verbissen, der zweifellos zu den gewöhnlichen Nörglern gehörte, die unfähig sind, sich zur Logik des Absurden aufzuschwingen.

«Darum! Darum!» antwortete die aufgebrachte Fee und drehte ihm den Rücken zu, und indem sie sich wieder zu ihren Gefährtinnen gesellte, bemerkte sie: «Wie findet ihr diesen eitlen kleinen Franzosen, der alles verstehen will und, nachdem er für seinen Sohn das beste Teil erhalten hat, noch wagt, Fragen zu stellen und das Unumstößliche zu zerreden?»

Die Einsamkeit

Ein menschenfreundlicher Zeitungsschreiber erklärt mir, die Einsamkeit sei schlecht für den Menschen, und zur

thèse, il cite, comme tous les incrédules, des paroles des Pères de l'Église.

Je sais que le Démon fréquente volontiers les lieux arides, et que l'Esprit du meurtre et de la lubricité s'enflamme merveilleusement dans les solitudes. Mais il serait possible que cette solitude ne fût dangereuse que pour l'âme oisive et divagante qui la peuple de ses passions et de ses chimères.

Il est certain qu'un bavard, dont le suprême plaisir consiste à parler du haut d'une chaire ou d'une tribune, risquerait fort de devenir fou furieux dans l'île de Robinson. Je n'exige pas de mon gazetier les courageuses vertus de Crusoé, mais je demande qu'il ne décrète pas d'accusation les amoureux de la solitude et du mystère.

Il y a dans nos races jacassières des individus qui accepteraient avec moins de répugnance le supplice suprême, s'il leur était permis de faire du haut de l'échafaud une copieuse harangue, sans craindre que les tambours de Santerre ne leur coupassent intempestivement la parole.

Je ne les plains pas, parce que je devine que leurs effusions oratoires leur procurent des voluptés égales à celles que d'autres tirent du silence et du recueillement; mais je les méprise.

Je désire surtout que mon maudit gazetier me laisse m'amuser à ma guise. «Vous n'éprouvez donc jamais – me dit-il, avec un ton de nez très apostolique – le besoin de partager vos jouissances?» Voyez-vous le subtil envieux! Il sait que je dédaigne les siennes, et il vient s'insinuer dans les miennes, le hideux trouble-fête!

«Ce grand malheur de ne pouvoir être
52 seul!...» dit quelque part La Bruyère, comme
53 pour faire honte à tous ceux qui courent s'ou-

Untermauerung seiner These zitiert er wie alle Ungläubigen die Worte von Kirchenvätern.

Ich weiß, daß der Dämon mit Vorliebe in der Wüste weilt, und daß der Gedanke an Mord und Unzucht besonders in der Einsamkeit aufflammt. Aber es wäre ja möglich, daß diese Einsamkeit nur für eine müßige und ziellose Seele gefährlich ist, die sie mit ihren Leidenschaften und Trugbildern bevölkert.

Gewiß wäre ein redseliger Mensch, dessen höchstes Vergnügen darin besteht, von Kanzel oder Rednerpult herunter zu sprechen, in großer Gefahr, auf Robinsons Insel rasend zu werden. Ich verlange von meinem Zeitungsschreiber nicht Crusoes tapfere Tugenden, aber ich wünschte mir, daß er die Liebhaber der Einsamkeit und des Geheimnisvollen nicht unter Anklage stellt.

Es gibt in unserem schwatzhaften Geschlecht manche Leute, die selbst die Todesstrafe mit geringerem Widerstreben auf sich nehmen würden, wenn sie von der Höhe des Schafotts eine ausführliche Ansprache halten dürften, ohne befürchten zu müssen, daß die Trommler des Sansculottenhauptmanns ihnen im unrechten Augenblick das Wort abschneiden.

Ich bedaure sie nicht, weil ich vermute, daß ihnen ihre rednerischen Ergüsse ebensolche Lust bereiten, wie andere sie aus Stille und Andacht beziehen; aber ich verachte sie.

Vor allem möchte ich, daß mich mein vermaledeiter Zeitungsschreiber nach meinem Belieben genießen läßt. «Sie hegen also nie», sagt er näselnd in höchst apostolischem Tonfall, «das Bedürfnis, Ihre Freuden zu teilen?» Da schau mal einer den schlauen Neider an! Er weiß, daß ich seine verachte, und er will sich in meine einschleichen, der abscheuliche Spaßverderber!

«Das große Unglück, nicht allein sein zu können!...» sagt La Bruyère irgendwo, als wollte er alle bloßstellen, die der Menge nachlaufen, um bei ihr Vergessen zu fin-

blier dans la foule, craignant sans doute de ne pouvoir se supporter eux-mêmes.

«Presque tous nos malheurs nous viennent de n'avoir pas su rester dans notre chambre», dit un autre sage, Pascal, je crois, rappelant ainsi dans la cellule du recueillement tous ces affolés qui cherchent le bonheur dans le mouvement et dans une prostitution que je pourrais appeler *fraternitaire,* si je voulais parler la belle langue de mon siècle.

Les Projets XXIV

Il se disait, en se promenant dans un grand parc solitaire: «Comme elle serait belle dans un costume de cour, compliqué et fastueux, descendant, à travers l'atmosphère d'un beau soir, les degrés de marbre d'un palais, en face des grandes pelouses et des bassins! Car elle a naturellement l'air d'une princesse.»

En passant plus tard dans une rue, il s'arrêta devant une boutique de gravures, et, trouvant dans un carton une estampe représentant un paysage tropical, il se dit! «Non! ce n'est pas dans un palais que je voudrais posséder sa chère vie. Nous n'y serions pas *chez nous.* D'ailleurs, ces murs criblés d'or ne laisseraient pas une place pour accrocher son image; dans ces solennelles galeries, il n'y a pas un coin pour l'intimité. Décidément, c'est *là* qu'il faudrait demeurer pour cultiver le rêve de ma vie.»

Et, tout en analysant des yeux les détails de la
54 gravure, il continuait mentalement: «Au bord de
55 la mer, une belle case en bois, enveloppée de

den, offenbar aus Angst, sich selber nicht ertragen zu können.

«Fast jedes Unheil kommt daher, daß wir es nicht fertiggebracht haben, in unserem Zimmer zu bleiben», sagt ein anderer Weiser, ich glaube Pascal, und ruft sie damit alle in die Zelle der Andacht, all die Wirrköpfe, die das Glück in der Geschäftigkeit suchen und in einer Prostitution, die ich «brüderlich» nennen könnte, wenn ich die schöne Sprache meines Jahrhunderts sprechen wollte.

Pläne

Bei einem Spaziergang in einem großen einsamen Park sprach er zu sich: «Wie hübsch wäre sie in einem aufwendigen, prunkvollen höfischen Gewand, wenn sie bei schöner Abendstimmung die Marmorstufen eines Palastes herabschritte im Anblick der weiten Rasenflächen und Wasserbecken! Denn natürlich sieht sie wie eine Prinzessin aus.»

Als er später durch eine Straße ging, blieb er vor einem Bilderladen stehen, und als er in einer Mappe einen Kupferstich fand, der eine tropische Landschaft zeigte, sagte er sich: «Nein, nicht in einem Palast möchte ich ihr geliebtes Leben besitzen. Wir wären dort nicht heimisch.

Außerdem ließen die goldgewirkten Wände keinen Platz, ihr Bild aufzuhängen. In so feierlichen Galerien gibt es keine Ecke für Vertraulichkeit. Wahrhaftig, in einer solchen Landschaft müßte ich wohnen, um den Traum meines Lebens zu suchen.»

Und während er weiter die Einzelheiten des Druckes betrachtete, setzte er seine Träumerei fort: Am Ufer des Meeres eine schöne Holzhütte, umgeben von all den

tous ces arbres bizarres et luisants dont j'ai oublié les noms, ... dans l'atmosphère, une odeur enivrante, indéfinissable, ... dans la case, un puissant parfum de rose et de musc, ... plus loin, derrière notre petit domaine, des bouts de mâts balancés par la houle, ... autour de nous, au-delà de la chambre éclairée d'une lumière rose tamisée par les stores, décorée de nattes fraîches et de fleurs capiteuses, avec de rares sièges d'un rococo portugais, d'un bois lourd et ténébreux (où elle reposerait si calme, si bien éventée, fumant le tabac légèrement opiacé!), au-delà de la varangue, le tapage des oiseaux ivres de lumières, et le jacassement des petites négresses, ... et, la nuit, pour servir d'accompagnement à mes songes, le chant plaintif des arbres à musique, des mélancoliques filaos! Oui, en vérité, c'est bien *là* le décor que je cherchais. Qu'ai-je à faire de palais?»

Et plus loin, comme il suivait une grande avenue, il aperçut une auberge proprette, où d'une fenêtre égayée par des rideaux d'indienne bariolée se penchaient deux têtes rieuses. Et tout de suite! «Il faut, se dit-il, que ma pensée soit une grande vagabonde pour aller chercher si loin ce qui est si près de moi. Le plaisir et le bonheur sont dans la première auberge venue, dans l'auberge du hasard, si féconde en voluptés. Un grand feu, des faïences voyantes, un souper passable, un vin rude, et un lit très large avec des draps un peu âpres, mais frais; quoi de mieux?»

Et en rentrant seul chez lui, à cette heure où les conseils de la Sagesse ne sont plus étouffés par les bourdonnements de la vie extérieure, il se dit! «J'ai eu aujourd'hui, en rêve, trois domiciles
56 où j'ai trouvé un égal plaisir. Pourquoi contrain-
57 dre mon corps à changer de place, puisque mon

seltsamen, leuchtenden Bäumen, deren Namen mir entfallen sind ... in den Lüften ein unbestimmbar betäubender Duft ... im Haus eine Mischung aus kräftigem Rosen- und Moschusparfum ... weiter draußen, jenseits unseres kleinen Anwesens, die Spitzen der vom Seegang bewegten Masten ... um uns herum, außerhalb des Zimmers, im rosigen, von Vorhängen gedämpften Licht, frische Matten und betörend schöne Blumen, ein paar portugiesische Rokokostühle aus schwerem dunklem Holz (wo sie so still im fächelnden Wind ruhen würde beim Genuß von leicht opiumhaltigem Tabak!), abseits der Veranda der Lärm der lichttrunkenen Vögel und das Geplapper der kleinen Negermädchen ... und des Nachts, als Begleitung meiner Träume, die klagende Melodie der Keulenbäume, der wehmütigen tropischen Casuarinen! Ja wahrhaftig, das ist genau die Landschaft, die ich suchte. Was habe ich mit Palästen zu schaffen?

Und ein Stück weiter, als er eine breite Allee entlangging, fiel sein Blick auf ein sauberes Gasthaus, wo zwei lachende Gesichter sich aus einem Fenster lehnten, umrahmt von heiteren, buntbedruckten Baumwollvorhängen. Und gleich darauf sagte er: «Meine Gedanken schweifen wohl gern in die Ferne, da sie so weit weg von hier das suchen, was ganz in meiner Nähe liegt. Freude und Glück finden sich in der ersten besten Herberge, in der zufällig gefundenen Herberge voller Genüsse. Ein gutes Feuer, leuchtend buntes Steingutgeschirr, ein ordentliches Abendessen, herber Wein, ein recht breites Bett mit etwas derben, aber frischen Laken; was gibt es Besseres?»

Als er allein heimkehrte, zu der Stunde, da die weisen Ratschläge nicht mehr vom Getöse der Außenwelt erstickt werden, sagte er sich: «Ich habe heute im Traum drei Wohnungen gehabt, in denen ich mich gleich wohlfühlte. Warum sollte ich meinen Körper zwingen, sich an einen anderen Ort zu begeben, wenn meine Seele so

âme voyage si lestement? Et à quoi bon exécuter des projets, puisque le projet est en lui-même une jouissance suffisante?»

Les Yeux des Pauvres XXVI

Ah! vous voulez savoir pourquoi je vous hais aujourd'hui. Il vous sera sans doute moins facile de le comprendre qu'à moi de vous l'expliquer; car vous êtes, je crois, le plus bel exemple d'imperméabilité féminine qui se puisse rencontrer.

Nous avions passé ensemble une longue journée, qui m'avait paru courte. Nous nous étions bien promis que toutes nos pensées nous seraient communes à l'un et à l'autre, et que nos deux âmes désormais n'en feraient plus qu'une; – un rêve qui n'a rien d'original, après tout, si ce n'est que, rêvé par tous les hommes, il n'a été réalisé par aucun.

Le soir, un peu fatiguée, vous voulûtes vous asseoir devant un café neuf qui formait le coin d'un boulevard neuf, encore tout plein de gravois et montrant déjà glorieusement ses splendeurs inachevées. Le café étincelait. Le gaz lui-même y déployait toute l'ardeur d'un début, et éclairait de toutes ses forces les murs aveuglants de blancheur, les nappes éblouissantes des miroirs, les ors des baguettes et des corniches, les pages aux joues rebondies traînés par les chiens en laisse, les dames riant au faucon perché sur leur poing, les nymphes et les déesses portant sur leur tête des fruits, des pâtés et du gibier, les Hébés et les Ganymèdes présentant à bras tendu la petite amphore à bavaroises ou l'obélisque bicolore des

unbekümmert reist? Und wozu ist es gut, Pläne auszuführen, wenn der Plan an sich schon reichlich Vergnügen bringt?»

Die Augen der Armen

Ach – Sie wollen also wissen, warum ich Sie heute hasse! Es wird Ihnen ganz gewiß weniger leicht fallen, das zu verstehen, als mir, es Ihnen zu erklären; denn Sie sind, so will mir scheinen, das schönste Beispiel weiblicher Begriffsstutzigkeit, das man finden kann.

Wir hatten einen langen Tag, der mir kurz erschien, miteinander verbracht. Wir hatten uns fest versprochen, daß wir stets die gleichen, gemeinsamen Gedanken haben wollten und daß unsere beiden Seelen von nun an eine einzige sein sollten – ein Traum, der schließlich nichts Originelles hat, es sei denn dies, daß er von allen Menschen schon geträumt, aber von keinem verwirklicht worden ist.

Am Abend waren Sie ein wenig müde und wollten vor einem neuen Café an der Ecke eines neuen Boulevards Platz nehmen, wo alles voller Bauschutt lag und doch schon großartig seine noch unfertige Pracht zeigte. Das Café strahlte. Selbst das Gaslicht entfaltete den ganzen Glanz eines Neubeginns und beleuchtete nach Kräften die blendend weißen Wände, die gleißenden Spiegelflächen, die Vergoldung der Leisten und Gesimse, pausbäckige Edelknaben, die von zusammengekoppelten Hunden gezogen werden, Damen, die dem auf ihrer Faust sitzenden Falken zulächeln, Nymphen und Göttinnen, die Früchte, Pasteten und Wildbret auf dem Haupte tragen, Heben und Ganymeds, die mit ausgestrecktem Arm den kleinen Kelch mit der Süßspeise oder, als zweifarbigen Obelisken, das gemischte Eis anbieten: die

glaces panachées; toute l'histoire et toute la mythologie mises au service de la goinfrerie.

Droit devant nous, sur la chaussée, était planté un brave homme d'une quarantaine d'années, au visage fatigué, à la barbe grisonnante, tenant d'une main un petit garçon et portant sur l'autre bras un petit être trop faible pour marcher. Il remplissait l'office de bonne et faisait prendre à ses enfants l'air du soir. Tous en guenilles. Ces trois visages étaient extraordinairement sérieux, et ces six yeux contemplaient fixement le café nouveau avec une admiration égale, mais nuancée diversement par l'âge.

Les yeux du père disaient: «Que c'est beau! que c'est beau! on dirait que tout l'or du pauvre monde est venu se porter sur ces murs.» – Les yeux du petit garçon! «Que c'est beau! que c'est beau! mais c'est une maison où peuvent seuls entrer les gens qui ne sont pas comme nous.» – Quant aux yeux du plus petit, ils étaient trop fascinés pour exprimer autre chose qu'une joie stupide et profonde.

Les chansonniers disent que le plaisir rend l'âme bonne et amollit le cœur. La chanson avait raison ce soir-là, relativement à moi. Non seulement j'étais attendri par cette famille d'yeux, mais je me sentais un peu honteux de nos verres et de nos carafes, plus grands que notre soif. Je tournais mes regards vers les vôtres, cher amour, pour y lire *ma* pensée; je plongeais dans vos yeux si beaux et si bizarrement doux, dans vos yeux verts, habités par le Caprice et inspirés par la Lune, quand vous me dîtes: «Ces gens-là me sont insupportables avec leurs yeux ouverts
60 comme des portes cochères! Ne pourriez-vous
61 pas prier le maître du café de les éloigner d'ici?»

ganze Geschichte und die ganze Mythologie ist in den Dienst der Schlemmerei gestellt.

Gerade vor uns stand auf der Fahrbahn ein biederer Mann von etwa vierzig Jahren, mit müdem Gesicht und graumeliertem Bart; an der einen Hand hielt er einen kleinen Jungen angefaßt, und auf dem anderen Arm trug er ein kleines Wesen, das zu schwach war zum Gehen. Er versah das Amt des Dienstmädchens und führte seine Kinder an die frische Abendluft. Alle waren in Lumpen. Die drei Gesichter zeigten einen ungewöhnlichen Ernst, und die sechs Augen starrten mit der gleichen, nur dem Alter entsprechend abgestuften Bewunderung auf das Café.

Die Augen des Vaters sagten: «Ist das schön! Ist das schön! Man könnte meinen, alles Gold der armen Welt habe sich an diese Wände geheftet!» – Die Augen des kleinen Jungen: «Ist das schön! Ist das schön! Aber es ist ein Haus, wo nur Leute hineingehen können, die nicht wie wir sind.» – Die Augen des Kleinsten dagegen waren zu gebannt, als daß sie etwas anderes als törichtes, tiefes Vergnügen hätten ausdrücken können.

Die Chansonschreiber sagen, die Freude mache die Seele gut und das Herz weich. Das Chanson hatte für diesen Abend recht, jedenfalls was mich angeht. Nicht nur rührte mich diese Familie, die nur aus Augen bestand; ich fühlte mich auch ein bißchen beschämt wegen unserer Gläser und Karaffen, die größer waren als unser Durst. Ich wandte meinen Blick gerade zu dem Ihren, meine Liebe, um *meinen* Gedanken darin zu lesen; ich versenkte mich in Ihre so schönen und so seltsam weichen Augen, in Ihre grünen, von Launenhaftigkeit beherrschten und vom Mond beseelten Augen, da erklärten Sie mir: «Ich finde diese Leute unerträglich, die ihre Augen aufreißen wie Scheunentore! Könnten Sie nicht den Geschäftsführer des Cafés bitten, sie wegzuschaffen?»

Tant il est difficile de s'entendre, mon cher ange, et tant la pensée est incommunicable, même entre gens qui s'aiment!

Une Mort Héroique XXVII

Fancioulle était un admirable bouffon, et presque un des amis du Prince. Mais pour les personnes vouées par état au comique, les choses sérieuses ont de fatales attractions, et, bien qu'il puisse paraître bizarre que les idées de patrie et de liberté s'emparent despotiquement du cerveau d'un historien, un jour Fancioulle entra dans une conspiration formée par quelques gentilshommes mécontents.

Il existe partout des hommes de bien pour dénoncer au pouvoir ces individus d'humeur atrabilaire qui veulent déposer les princes et opérer, sans la consulter, le déménagement d'une société. Les seigneurs en question furent arrêtés, ainsi que Fancioulle, et voués à une mort certaine.

Je croirais volontiers que le Prince fut presque fâché de trouver son comédien favori parmi les rebelles. Le Prince n'était ni meilleur ni pire qu'un autre; mais une excessive sensibilité le rendait, en beaucoup de cas, plus cruel et plus despote que tous ses pareils. Amoureux passionné des beaux-arts, excellent connaisseur d'ailleurs, il était vraiment insatiable de voluptés. Assez indifférent relativement aux hommes et à la morale, véritable artiste lui-même, il ne connaissait d'ennemi dangereux que l'Ennui, et les
62 efforts bizarres qu'il faisait pour fuir ou pour
63 vaincre ce tyran du monde lui auraient certaine-

So schwer ist es, einander zu verstehen, mein teurer Engel, und so wenig mitteilbar ist der Gedanke, selbst unter Menschen, die sich lieben!

Ein Heldentod

Fancioulle war ein bewundernswerter Narr und gehörte fast zu den Freunden des Fürsten. Aber Menschen, die von Beruf Spaßmacher sind, werden schicksalhaft von ernsten Dingen angezogen, und wenn es auch seltsam erscheinen mag, daß Gedankengut von Vaterland und Freiheit sich gebieterisch im Kopf eines Possenreißers breit macht – eines Tages beteiligte sich Fancioulle doch an der Verschwörung, die von einigen unzufriedenen Edelleuten angezettelt wurde.

Es gibt überall wohlmeinende Leute, die bereitwillig den Machthabern jeden reizbar gestimmten Menschen anzeigen, der Fürsten absetzen und eine Gesellschaft ungefragt auflösen will. Die betreffenden Edelleute, sowie auch Fancioulle wurden verhaftet und dem sicheren Tod überantwortet.

Ich möchte annehmen, daß der Fürst fast verärgert war, seinen Lieblingskomödianten unter den Aufrührern zu finden. Der Fürst war nicht besser und nicht schlechter als andere; aber eine ausgeprägte Empfindsamkeit ließ ihn in vielen Fällen grausamer und herrischer handeln als seinesgleichen. Als leidenschaftlicher Liebhaber und ausgezeichneter Kenner der schönen Künste war er schier unersättlich in seiner Genußsucht. Menschen und Sitten waren ihm so gut wie gleichgültig, fühlte er sich doch selber als wahrer Künstler. Seinen einzigen gefährlichen Feind sah er in der Langeweile, und die seltsamen Anstrengungen, die er machte, um dieser Weltbeherrscherin zu entkommen oder sie zu besiegen, hätten ihm

ment attiré, de la part d'un historien sévère, l'épithète de «monstre», s'il avait été permis, dans ses domaines, d'écrire quoi que ce fût qui ne tendît pas uniquement au plaisir, ou à l'étonnement, qui est une des formes les plus délicates du plaisir. Le grand malheur de ce Prince fut qu'il n'eut jamais un théâtre assez vaste pour son génie. Il y a de jeunes Nérons qui étouffent dans des limites trop étroites, et dont les siècles à venir ignoreront toujours le nom et la bonne volonté. L'imprévoyante Providence avait donné à celui-ci des facultés plus grandes que ses États.

Tout d'un coup le bruit courut que le Souverain voulait faire grâce à tous les conjurés; et l'origine de ce bruit fut l'annonce d'un grand spectacle où Fancioulle devait jouer l'un de ses principaux et de ses meilleurs rôles, et auquel assisteraient même, disait-on, les gentilshommes condamnés; signe évident, ajoutaient les esprits superficiels, des tendances généreuses du Prince offensé.

De la part d'un homme aussi naturellement et volontairement excentrique, tout était possible, même la vertu, même la clémence, surtout s'il avait pu espérer y trouver des plaisirs inattendus. Mais pour ceux qui, comme moi, avaient pu pénétrer plus avant dans les profondeurs de cette âme curieuse et malade, il était infiniment plus probable que le Prince voulait juger de la valeur des talents scéniques d'un homme condamné à mort. Il voulait profiter de l'occasion pour faire une expérience physiologique d'un intérêt *capital*, et vérifier jusqu'à quel point les facultés habituelles d'un artiste pouvaient être altérées ou modifiées par la situation extraordinaire où il se trouvait; au-delà, existait-il dans son âme une in-

von seiten eines strengen Historikers gewiß den Beinamen «Monster» eingetragen, wenn es denn in seinem Machtbereich erlaubt gewesen wäre, etwas zu schreiben, das nicht einzig dem Vergnügen galt oder der Verblüffung, die eine der köstlichsten Formen des Vergnügens ist. Das Unglück dieses Fürsten war, daß sich seine Geistesgaben nie auf einer genügend breiten Bühne darstellen konnten. Es gibt Menschen vom Schlage des jungen Nero, die in zu engen Grenzen ersticken und deren Namen und gute Absicht von kommenden Jahrhunderten gar nicht bemerkt werden. Diesem Fürsten hatte die sorglose Vorsehung größere Fähigkeiten verliehen, als zu seinem Machtbereich paßten.

Auf einmal verbreitete sich das Gerücht, der Herrscher wolle alle Verschworenen begnadigen; dieses Gerücht entstand wohl durch die Ankündigung eines großen Schauspiels, bei dem Fancioulle eine seiner besten Hauptrollen spielen sollte. Dabei würden, so hieß es, auch die verurteilten Edelleute zugegen sein, ein klares Anzeichen – so meinten oberflächliche Geister – für großmütige Absichten des gekränkten Fürsten.

Bei einem von Natur und Neigung so exzentrischen Menschen war alles möglich, sogar Tugend und Güte, vor allem, wenn er sich davon unerwartetes Vergnügen erhoffen konnte. Wer aber wie ich etwas tiefer in diese eigenartige kranke Seele vordringen konnte, mußte viel eher annehmen, daß der Fürst den Wert der schauspielerischen Fähigkeiten eines zum Tode Verurteilten abschätzen wollte.

Er beabsichtigte, die Gelegenheit zu einem physiologischen Experiment von höchster Bedeutung zu nutzen und zu prüfen, bis zu welchem Grad die charakteristischen Fähigkeiten eines Künstlers verändert oder gewandelt werden konnten durch die außergewöhnliche Lage, in der er sich befand. Gab es darüber hinaus in seiner Seele eine mehr oder weniger ausge-

tention plus ou moins arrêtée de clémence? C'est un point qui n'a jamais pu être éclairci.

Enfin, le grand jour arrivé, cette petite Cour déploya toutes ses pompes et il serait difficile de concevoir, à moins de l'avoir vu, tout ce que la classe privilégiée d'un petit État, à ressources restreintes, peut montrer de splendeurs pour une vraie solennité. Celle-là était doublement vraie, d'abord par la magie du luxe étalé, ensuite par l'intérêt moral et mystérieux qui y était attaché.

Le sieur Fancioulle excellait surtout dans les rôles muets ou peu chargés de paroles, qui sont souvent les principaux dans ces drames féeriques dont l'objet est de représenter symboliquement le mystère de la vie. Il entra en scène légèrement et avec une aisance parfaite, ce qui contribua à fortifier, dans le noble public, l'idée de douceur et de pardon.

Quand on dit d'un comédien: «Voilà un bon comédien», on se sert d'une formule qui implique que sous le personnage se laisse encore deviner le comédien, c'est-à-dire l'art, l'effort, la volonté. Or, si un comédien arrivait à être, relativement au personnage qu'il est chargé d'exprimer, ce que les meilleures statues de l'antiquité, miraculeusement animées, vivantes, marchantes, voyantes, seraient relativement à l'idée générale et confuse de beauté, ce serait là, sans doute, un cas singulier et tout à fait imprévu. Fancioulle fut, ce soir-là, une parfaite idéalisation, qu'il était impossible de ne pas supposer vivante, possible, réelle. Ce bouffon allait, venait, riait, pleurait, se convulsait, avec une indestructible auréole autour de la tête, auréole invisible pour tous, mais visible pour moi, et où se mêlaient, dans un étrange amalgame, les rayons de l'Art et la gloire du Mar-

prägte Anwandlung von Güte? Dieser Punkt konnte nie geklärt werden.

Als nun der große Tag gekommen war, entfaltete der kleine Hof seinen ganzen Prunk, und es ist schwer vorstellbar, es sei denn, man war dabei, was die bevorzugte Klasse eines kleinen Staates mit begrenzten Mitteln für ein echtes Fest-Ereignis an Glanz aufzubieten vermag. Es war in doppelter Hinsicht echt, zum einen wegen der Zauberwirkung des aufgebotenen Prunks, zum anderen wegen der geheimnisvollen moralischen Bedeutsamkeit, die ihm beigemessen wurde.

Meister Fancioulle glänzte vor allem in den stummen und textarmen Rollen, die oft die wichtigsten sind in märchenhaften Stücken, bei denen es darum geht, das Geheimnis des Lebens symbolhaft aufzuzeigen. Er trat leicht und ungezwungen auf die Bühne, was bei dem erlesenen Publikum den Gedanken an Güte und Verzeihung verstärkte.

Wenn man von einem Schauspieler sagt: «Das ist ein guter Schauspieler», bedient man sich eines Ausdrucks, der besagt, daß sich hinter der Rollen-Darstellung noch der Schauspieler erahnen läßt, nämlich die Kunst, die Anstrengung, der Wille. Wenn aber einem Schauspieler bezüglich der Rolle, die er darstellen soll, das gelänge, was die besten Statuen der Antike in ihrem wunderbar beseelten, lebendig schreitenden, seherischen Ausdruck verkörpern bezüglich der allgemeinen, undefinierbaren Vorstellung von Schönheit, so wäre das zweifellos ein völlig überraschender Sonderfall.

Fancioulle war an diesem Abend die Verkörperung der Vollkommenheit, die man sich nicht anders als leibhaftig anwesend, lebendig und echt vorstellen konnte. Dieser Komödiant kam, ging, lachte, weinte, zuckte, trug einen unzerstörbaren Heiligenschein um den Kopf – für alle, außer für mich, unsichtbar –, in dem sich die Strahlen der Kunst und der

tyre. Fancioulle introduisait, par je ne sais quelle grâce spéciale, le divin et le surnaturel, jusque dans les plus extravagantes bouffonneries. Ma plume tremble, et des larmes d'une émotion toujours présente me montent aux yeux, pendant que je cherche à vous décrire cette inoubliable soirée. Fancioulle me prouvait, d'une manière péremptoire, irréfutable, que l'ivresse de l'Art est plus apte que toute autre à voiler les terreurs du gouffre; que le génie peut jouer la comédie au bord de la tombe avec une joie qui l'empêche de voir la tombe, perdu, comme il est, dans un paradis excluant toute idée de tombe et de destruction.

Tout ce public, si blasé et frivole qu'il pût être, subit bientôt la toute-puissante domination de l'artiste. Personne ne rêva plus de mort, de deuil, ni de supplices. Chacun s'abandonna, sans inquiétude, aux voluptés multipliées que donne la vue d'un chef-d'œuvre d'art vivant. Les explosions de la joie et de l'admiration ébranlèrent à plusieurs reprises les voûtes de l'édifice avec l'énergie d'un tonnerre continu. Le Prince lui-meme, enivré, mêla ses applaudissements à ceux de sa Cour.

Cependant, pour un œil clairvoyant, son ivresse, à lui, n'était pas sans mélange. Se sentait-il vaincu dans son pouvoir de despote? humilié dans son art de terrifier les cœurs et d'engourdir les esprits? frustré de ses espérances et bafoué dans ses prévisions? De telles suppositions, non exactement justifiées, mais non absolument injustifiables, traversèrent mon esprit pendant que je contemplais le visage du Prince, sur lequel une pâleur nouvelle s'ajoutait sans cesse à sa pâleur habituelle, comme la neige s'ajoute à la neige.

Ruhm des Märtyrers zu einem sonderbaren Gemisch vermengten. Selbst die ausgefallensten Possenszenen erfüllte Fancioulle, durch welche Gnade weiß ich nicht, mit Göttlichem, Übernatürlichem. Meine Feder zittert, und die allgegenwärtigen Tränen der Rührung treten mir in die Augen, während ich versuche, Ihnen diesen unvergeßlichen Abend zu beschreiben. Fancioulle bewies mir bezwingend und unwiderlegbar: Die Trunkenheit der Kunst ist geeigneter als jeder andere Rausch, die Schrecken des Abgrunds zu verschleiern; ein genialer Schauspieler kann am Rande des Grabes mit solcher Freude spielen, daß er das Grab nicht sieht; er ist versunken in ein Paradies, das jeden Gedanken an Grab und Zerstörung ausschließt.

Das ganze Publikum, mochte es noch so hochnäsig und abgebrüht sein, war bald wie gebannt von der allmächtigen Herrschaft des Künstlers. Keiner mehr dachte im Traum an Tod, Trauer oder Strafe. Jeder gab sich unbekümmert dem vielfältigen Genuß hin, den der Anblick einer Meisterleistung lebendiger Kunst vermittelt. Ausbrüche der Freude und Bewunderung erschütterten in immer neuen Wellen mit der Kraft andauernden Donners die Gewölbe des Gebäudes. Selbst der Fürst, ganz berauscht, beteiligte sich an den Beifallbekundungen seines Hofes.

Für ein scharfblickendes Auge war jedoch seine Begeisterung nicht ungetrübt. Fühlte er sich besiegt in seiner herrscherlichen Macht? Gedemütigt in seiner Fähigkeit, Herzen zu erschrecken und Gemüter zu betäuben? In seinen Hoffnungen getäuscht und in seinen Vorkehrungen lächerlich gemacht? Solche Vermutungen, vielleicht nicht ganz berechtigt, aber auch nicht völlig unberechtigt, gingen mir durch den Kopf, während ich das Gesicht des Fürsten beobachtete, auf dem sich außer der gewohnten Blässe noch eine neue Blässe abzeichnete, wie wenn Schnee auf Schnee fällt. Seine Lippen preßten

Ses lèvres se resserraient de plus en plus, et ses yeux s'éclairaient d'un feu intérieur semblable à celui de la jalousie et de la rancune, même pendant qu'il applaudissait ostensiblement les talents de son vieil ami, l'étrange bouffon, qui bouffonnait si bien la mort. A un certain moment, je vis Son Altesse se pencher vers un petit page, placé derrière elle, et lui parler à l'oreille. La physionomie espiègle du joli enfant s'illumina d'un sourire; et puis il quitta vivement la loge princière comme pour s'acquitter d'une commission urgente.

Quelques minutes plus tard un coup de siffet aigu, prolongé, interrompit Fancioulle dans un de ses meilleurs moments, et déchira à la fois les oreilles et les cœurs. Et de l'endroit de la salle d'où avait jailli cette désapprobation inattendue, un enfant se précipitait dans un corridor avec des rires étouffés.

Fancioulle, secoué, réveillé dans son rêve, ferma d'abord les yeux, puis les rouvrit presque aussitôt, démesurément agrandis, ouvrit ensuite la bouche comme pour respirer convulsivement, chancela un peu en avant, un peu en arrière, et puis tomba raide mort sur les planches.

Le sifflet, rapide comme un glaive, avait-il réellement frustré le bourreau? Le Prince avait-il lui-même deviné toute l'homicide efficacité de sa ruse? Il est permis d'en douter. Regretta-t-il son cher et inimitable Fancioulle: Il est doux et légitime de le croire.

Les gentilshommes coupables avaient joui pour la dernière fois du spectacle de la comédie. Dans la même nuit ils furent effacés de la vie.

Depuis lors, plusieurs mimes, justement appréciés dans différent pays, sont venus jouer de-

sich immer mehr zusammen, in seine Augen trat ein inneres Feuer, das nach Eifersucht und Gehässigkeit aussah, selbst dann, wenn er offenbar dem Talent seines alten Freundes Beifall spendete, diesem seltsamen Narren, der den Tod so zum Narren hielt. Zu einem bestimmten Zeitpunkt sah ich, wie Seine Hoheit sich zu einem hinter ihm stehenden kleinen Pagen beugte und ihm etwas ins Ohr sagte.

Über das schelmische Antlitz des hübschen Jungen huschte ein Lächeln. Er verließ rasch die Fürstenloge, wie um einen dringenden Auftrag zu erledigen.

Ein paar Minuten später unterbrach ein langgezogener schriller Pfiff Fancioulle in einer seiner besten Passagen und zerriß gleichzeitig die Ohren und die Herzen. Von derjenigen Stelle des Saales aus, von der diese unerwartete mißbilligende Äußerung zu hören gewesen war, sprang ein Kind mit unterdrücktem Lachen auf den Gang.

Fancioulle, durchzuckt, aus seinem Traum gerissen, schloß zunächst die Augen, dann öffnete er sie gleich wieder übergroß, sperrte den Mund auf und rang krampfhaft nach Atem, schwankte ein wenig nach vorn, ein wenig nach hinten und stürzte dann tot auf die Bühne.

Hatte der Pfiff, schnell wie ein Schwertstreich, tatsächlich den Henker überflüssig gemacht? Hatte der Fürst die mörderische Wirkung seiner List vorausgeahnt? Man darf es bezweifeln. Tat es ihm leid um seinen lieben, unnachahmlichen Fancioulle? Es ist versöhnlich und berechtigt, das zu glauben.

Die schuldigen Edelleute hatten zum letzten Mal die Aufführung eines Schauspiels genossen. In derselben Nacht wurde ihr Leben ausgelöscht.

Seither haben verschiedene Mimen, zu Recht hochgeschätzt in etlichen Ländern, am Hofe von *** gespielt,

vant la Cour de***; mais aucun d'eux n'a pu rappeler les merveilleux talents de Fancioulle, ni s'élever jusqu'à la même *faveur.*

La Fausse Monnaie XXVIII

Comme nous nous éloignions du bureau de tabac, mon ami fit un soigneux triage de sa monnaie: dans la poche gauche de son gilet il glissa de petites pièces d'or; dans la droite, de petites pièces d'argent; dans la poche gauche de sa culotte, une masse de gros sols; et enfin, dans la droite, une pièce d'argent de deux francs qu'il avait particulièrement examinée.

«Singulière et minutieuse répartition!» me dis-je en moi-même.

Nous fîmes la rencontre d'un pauvre qui nous tendit sa casquette en tremblant. – Je ne connais rien de plus inquiétant que l'éloquence muette de ces yeux suppliants qui contiennent à la fois, pour l'homme sensible qui sait y lire, tant d'humilité, tant de reproches. Il y trouve quelque chose approchant cette profondeur de sentiment compliqué dans les yeux larmoyants des chiens qu'on fouette.

L'offrande de mon ami fut beaucoup plus considérable que la mienne, et je lui dis: «Vous avez raison; après le plaisir d'être étonné, il n'en est pas de plus grand que celui de causer une surprise.» – «C'était la pièce fausse», me répondit-il tranquillement, comme pour se justifier de sa prodigalité.

72 Mais dans mon misérable cerveau, toujours oc-
73 cupé à chercher midi à quatorze heures (de quelle

aber keiner kam jemals an das wunderbare Talent von Fancioulle heran, und keiner stieg zu solcher Gunst empor.

Das falsche Geldstück

Als wir den Tabakladen verließen, nahm mein Freund eine sorgfältige Aufteilung seines Kleingelds vor: in die linke Westentasche steckte er die kleinen Goldstücke, in die rechte die kleinen Silberstücke, in die linke Hosentasche eine Menge dicker Kupfermünzen, und in die rechte schließlich ein silbernes Zweifrankenstück, das er mit ganz besonderer Aufmerksamkeit angeschaut hatte.

«Eine merkwürdige und genaue Einteilung», sagte ich mir.

Wir begegneten einem armen Mann, der uns zitternd seine Mütze hinhielt. – Nichts kann mich mehr ergreifen als die stumme Beredsamkeit solcher flehenden Augen, in denen für den empfindsamen Menschen, der aus ihnen zu lesen versteht, so viel Demut und so viel Vorwurf liegt.

Man erblickt darin etwas, das nahe herankommt an die schwer zu ergründende Gefühlstiefe in den klagenden Augen eines geprügelten Hundes.

Das Almosen meines Freundes war viel beträchtlicher als meines, und ich sagte zu ihm: «Sie haben recht; außer dem Vergnügen, überrascht zu werden, gibt es kein größeres als das, anderen eine Überraschung zu machen.» – «Es war die Falschmünze», entgegnete er gelassen, als wolle er seine übertriebene Freigebigkeit entschuldigen.

In meinem elenden Gehirn, das ständig damit beschäftigt ist, unnötig weit zu denken (was für eine an-

fatigante faculté la nature m'a fait cadeau !), entra soudainement cette idée qu'une pareille conduite, de la part de mon ami, n'était excusable que par le désir de créer un événement dans la vie de ce pauvre diable, peut-être même de connaître les conséquences diverses, funestes ou autres, que peut engendrer une pièce fausse dans la main d'un mendiant. Ne pouvait-elle pas se multiplier en pièces vraies? ne pouvait-elle pas aussi le conduire en prison? Un cabaretier, un boulanger, par exemple, allait peut-être le faire arrêter comme faux-monnayeur ou comme propagateur de fausse monnaie. Tout aussi bien la pièce fausse serait peut-être, pour un pauvre petit spéculateur, le germe d'une richesse de quelques jours. Et ainsi ma fantaisie allait son train, prêtant des ailes à l'esprit de mon ami et tirant toutes les déductions possibles de toutes les hypothèses possibles.

Mais celui-ci rompit brusquement ma rêverie en reprenant mes propres paroles: «Oui, vous avez raison: il n'est pas de plaisir plus doux que de surprendre un homme en lui donnant plus qu'il n'espère.»

Je le regardai dans le blanc des yeux, et je fus épouvanté de voir que ses yeux brillaient d'une incontestable candeur. Je vis alors clairement qu'il avait voulu faire à la fois la charité et une bonne affaire: gagner quarante sols et le cœur de Dieu; emporter le paradis économiquement; enfin attraper gratis un brevet d'homme charitable. Je lui aurais presque pardonné le désir de la criminelle jouissance dont je le supposais tout à l'heure capable; j'aurais trouvé curieux, singulier, qu'il s'amusât à compromettre les pauvres; mais je ne lui pardonnerai jamais l'ineptie de

strengende Fähigkeit hat mir da die Natur mitgegeben!), entstand jedoch mit einem Mal der Gedanke, daß ein solches Verhalten meines Freundes nur zu entschuldigen sei durch den Wunsch, im Leben dieses armen Teufels ein Ereignis zu schaffen und vielleicht sogar die verschiedenen Folgen kennenzulernen, unheilvolle oder auch andere, zu denen ein falsches Geldstück in der Hand eines Bettlers führen kann. Konnte es sich nicht in echte Münzen vervielfachen? Konnte es ihn aber nicht ebensogut ins Gefängnis bringen? Ein Wirt oder ein Bäcker zum Beispiel würden ihn vielleicht wegen Falschmünzerei oder als Vertreiber von Falschgeld festnehmen lassen. Ganz genau so gut könnte das falsche Geldstück für einen armen Spekulanten der Keim eines Reichtums für ein paar Tage werden. So ging meine Phantasie mit mir durch, verlieh dem Geist meines Freundes Flügel und zog alle erdenklichen Schlüsse aus allen erdenklichen Annahmen.

Da unterbrach aber mein Freund unvermittelt meine Träumerei, indem er an meine eigenen Worte anknüpfte: «Ja, Sie haben recht: es gibt kein angenehmeres Vergnügen, als einen Menschen damit zu überraschen, daß man ihm mehr gibt, als er erwartet.»

Ich blickte ihm tief in die Augen und war erschüttert zu sehen, daß diese Augen von unbestreitbarer Aufrichtigkeit leuchteten. Da erkannte ich ganz klar, daß er es zugleich auf ein gutes Werk und ein gutes Geschäft abgesehen hatte: vierzig Sous sparen und Gottes Herz gewinnen; billig das Paradies erwerben; kostenlos das Zeugnis eines Wohltäters der Menschen erlangen. Den Wunsch nach einem verbrecherischen Genuß, den ich ihm eben noch zugetraut hatte, hätte ich ihm fast verziehen. Ich hätte es seltsam und erstaunlich gefunden, daß er Spaß daran hatte, arme Leute in Schwierigkeiten zu bringen, aber seine abgeschmackte Berechnung werde ich ihm nie verzeihen. Es gibt keine Entschuldigung da-

son calcul. On n'est jamais excusable d'être méchant, mais il y a quelque mérite à savoir qu'on l'est; et le plus irréparable des vices est de faire le mal par bêtise.

Les Vocations XXXI

Dans un beau jardin où les rayons d'un soleil automnal semblaient s'attarder à plaisir, sous un ciel déjà verdâtre où des nuages d'or flottaient comme des continents en voyage, quatre beaux enfants, quatre garçons, las de jouer sans doute, causaient entre eux.

L'un disait: «Hier, on m'a mené au théâtre. Dans des palais grands et tristes, au fond desquels on voit la mer et le ciel, des hommes et des femmes, sérieux et tristes aussi, mais bien plus beaux et bien mieux habillés que ceux que nous voyons partout, parlent avec une voix chantante. Ils se menacent, ils supplient, ils se désolent, et ils appuient souvent leur main sur un poignard enfoncé dans leur ceinture. Ah! c'est bien beau! Les femmes sont bien plus belles et bien plus grandes que celles qui viennent nous voir à la maison, et, quoique avec leurs grands yeux creux et leurs joues enflammées elles aient l'air terrible, on ne peut pas s'empêcher de les aimer. On a peur, on a envie de pleurer, et cependant l'on est content... Et puis, ce qui est plus singulier, cela donne envie d'être habillé de même, de dire et de faire les mêmes choses, et de parler avec la même voix...»

76 L'un des quatre enfants, qui depuis quelques
77 secondes n'écoutait plus le discours de son cama-

für, bösartig zu sein, allenfalls hat man ein gewisses Verdienst, wenn man weiß, daß man es ist; *eine* Untugend aber ist nicht gutzumachen: das Böse aus Dummheit zu tun.

Die Bestimmungen

In einem schönen Garten, in dem die herbstlichen Sonnenstrahlen noch mit Behagen zu verweilen schienen, unter einem bereits grünlichen Himmel, an welchem goldene Wolken wie reisende Kontinente dahinzogen, plauderten vier schöne Kinder, vier Knaben, die offenbar vom Spielen müde waren.

Der eine sagte: «Gestern war ich mit im Theater. In großen, traurigen Palästen, hinter denen das Meer und der Himmel zu sehen sind, sprechen mit singender Stimme ernste und ebenfalls traurige Männer und Frauen; sie sind aber viel schöner und besser gekleidet als alle, die man sonst überall sieht. Sie bedrohen sich, sie flehen, sie verzweifeln, und oft stützen sie die Hand auf den Dolch, der in ihrem Gürtel steckt.

Ach, es ist wunderbar! Die Frauen sind viel schöner und schlanker als alle, die bei uns zu Hause zu Besuch kommen, und obwohl sie mit ihren tiefliegenden großen Augen und ihren leuchtend roten Wangen zum Erschrecken sind, kann man gar nicht anders als sie lieben. Man hat Angst und man möchte weinen, und doch ist man zufrieden... Und was noch erstaunlicher ist, man bekommt Lust, ebenso gekleidet zu sein, die gleichen Dinge zu tun und zu sagen und mit gleicher Stimme zu sprechen...»

Einer der vier Knaben, der schon eine kleine Weile dem Kameraden nicht mehr zuhörte und mit auffallen-

rade et observait avec une fixité étonnante je ne sais quel point du ciel, dit tout à coup: «Regardez, regardez là-bas! ... *Le* voyez-vous? Il est assis sur ce petit nuage isolé, ce petit nuage couleur de feu, qui marche doucement. *Lui* aussi, on dirait qu'*il* nous regarde.»

– Mais qui donc? – demandèrent les autres.

– Dieu! – répondit-il avec un accent parfait de conviction. – Ah! il est déjà bien loin; tout à l'heure, vous ne pourrez plus le voir. Sans doute il voyage, pour visiter tous les pays. Tenez, il va passer derrière cette rangée d'arbres qui est presque à l'horizon, ... et maintenant il descend derrière le clocher... Ah! on ne le voit plus! – Et l'enfant resta longtemps tourné du même côté, fixant sur la ligne qui sépare la terre du ciel des yeux où brillait une inexprimable expression d'extase et de regret.

«Est-il bête, celui-là, avec son bon Dieu, que lui seul peut apercevoir! – dit alors le troisième, dont toute la petite personne était marquée d'une vivacité et d'une vitalité singulières. – Moi, je vais vous raconter comment il m'est arrivé quelque chose qui ne vous est jamais arrivé, et qui est un peu plus intéressant que votre théâtre et vos nuages... Il y a quelques jours, mes parents m'ont emmené en voyage avec eux, et, comme dans l'auberge où nous nous sommes arrêtés il n'y avait pas assez de lits pour nous tous, il a été décidé que je dormirais dans le même lit que ma bonne. – Il attira ses camarades tout près de lui, et parla d'une voix plus basse: – Ça fait un singulier effet, allez! de n'être pas couché seul et d'être dans un lit avec sa bonne, dans les ténè-
78 bres Comme je ne dormais pas, je me suis amu-
79 sé, pendant qu'elle dormait, à passer ma main sur

der Gebanntheit einen bestimmten Punkt am Himmel anstarrte, sagte plötzlich: «Schaut doch, schaut da hinten!... Seht ihr Ihn? Er sitzt auf dieser einzelnen kleinen Wolke, dieser feuerfarbenen kleinen Wolke, die so schön ruhig dahinzieht. Auch Er schaut uns an, meint man.»

«Aber wer denn?» fragten die anderen.

«Gott!» antwortete er mit dem Ausdruck vollkommener Überzeugung. «Ach, nun ist er schon weit weg; gleich könnt ihr ihn nicht mehr sehen. Gewiß ist er auf Reisen, um alle Länder zu besuchen. Da, jetzt verschwindet er gleich hinter dieser Baumreihe am Horizont ... jetzt schwebt er hinter den Kirchturm ... Ach, jetzt ist er nicht mehr zu sehen! – Und das Kind richtete den Blick noch lange zur selben Seite, starrte mit Augen, in denen ein unsäglicher Ausdruck von Verzückung und Bedauern lag, auf die Linie, die den Himmel von der Erde trennt.

«Er ist zu blöd mit seinem lieben Gott, den bloß er sehen kann!» sagte nun der dritte, dessen ganze kleine Gestalt eine auffallende Lebhaftigkeit und Lebenskraft ausstrahlte. «Ich will euch etwas erzählen, das ich erlebt habe und das euch bestimmt noch nie begegnet ist, etwas viel Interessanteres als euer Theater und eure Wolken... Vor ein paar Tagen haben mich meine Eltern auf eine Reise mitgenommen, und da es in dem Gasthof, in dem wir abstiegen, nicht genug Betten für uns alle gab, wurde entschieden, daß ich im selben Bett wie mein Kindermädchen schlafen sollte.» – Er zog seine Kameraden ganz nah zu sich heran und sprach mit gedämpfter Stimme:

«Wißt ihr, es ist ein eigenartiges Gefühl, nicht allein zu schlafen, sondern mit seinem Kindermädchen im Bett zu sein, im Dunkeln. Da ich noch wach lag, machte ich mir den Spaß, während sie schon schlief, ihr mit der Hand über Arme, Hals und

ses bras, sur son cou et sur ses épaules. Elle a les bras et le cou bien plus gros que toutes les autres femmes, et la peau en est si douce, si douce, qu'on dirait du papier à lettre ou du papier de soie. J'y avais tant de plaisir que j'aurais longtemps continué, si je n'avais pas eu peur, peur de la réveiller d'abord, et puis encore peur de je ne sais quoi. Ensuite j'ai fourré ma tête dans ses cheyeux qui pendaient dans son dos, épais comme une crinière, et ils sentaient aussi bon, je vous assure, que les fleurs du jardin, à cette heure-ci. Essayez, quand vous pourrez, d'en faire autant que moi, et vous verrez!»

Le jeune auteur de cette prodigieuse révélation avait, en faisant son récit, les yeux écarquillés par une sorte de stupéfaction de ce qu'il éprouvait encore, et les rayons du soleil couchant, en glissant à travers les boucles rousses de sa chevelure ébouriffée, y allumaient comme une auréole sulfureuse de passion. Il était facile de deviner que celui-là ne perdrait pas sa vie à chercher la Divinité dans les nuées, et qu'il la trouverait fréquemment ailleurs.

Enfin le quatrième dit: «Vous savez que je ne m'amuse guère à la maison; on ne me mène jamais au spectacle; mon tuteur est trop avare; Dieu ne s'occupe pas de moi et de mon ennui, et je n'ai pas une belle bonne pour me dorloter. Il m'a souvent semblé que mon plaisir serait d'aller toujours droit devant moi, sans savoir où, sans que personne s'en inquiète, et de voir toujours des pays nouveaux. Je ne suis jamais bien nulle part, et je crois toujours que je serais mieux ailleurs que là où je suis. Eh bien! j'ai vu, à la dernière foire du village voisin, trois hommes qui vivent comme je voudrais vivre. Vous n'y avez pas

Schultern zu streicheln. Arme und Hals sind bei ihr viel kräftiger als bei allen anderen Frauen, und die Haut ist so zart, so unendlich zart, daß man meinen könnte, es sei Briefpapier oder Seidenpapier. Ich hatte solchen Gefallen daran, daß ich noch lange weitergemacht hätte, wenn ich nicht Angst bekommen hätte, erst Angst, sie aufzuwecken, aber dann auch Angst vor etwas Unbestimmtem. Stattdessen steckte ich meinen Kopf in ihre Haare, die als dichte Mähne ihren Rücken bedeckten, und glaubt mir, sie haben so gut gerochen wie die Blumen hier im Garten, gerade jetzt. Versucht, wenn ihr könnt, das gleiche zu tun wie ich, und ihr werdet sehen!»

Der junge Erzähler dieser wunderbaren Enthüllung hatte bei seinem Bericht weit aufgerissene Augen – sie waren gebannt von etwas, das er immer noch spürte, und die Strahlen der untergehenden Sonne, die über seinen zerzausten rötlichen Lockenkopf glitten, umgaben ihn mit einem schwefelgelben Heiligenschein der Leidenschaft. Man kann leicht vorausahnen, daß dieser Junge sein Leben nicht damit vertun wird, das Göttliche in den Wolken zu suchen, sondern daß er es häufig anderswo finden wird.

Schließlich sprach der vierte: «Wie ihr wißt, habe ich wenig Freude zu Hause; ich werde nie mit ins Theater genommen, mein Vormund ist zu geizig; Gott kümmert sich nicht um mich und meine Langeweile, und ich habe kein schönes Kindermädchen, das mich hätscheln kann. Schon oft habe ich gemeint, ich hätte Lust, immer geradeaus vor mich hin zu gehen, ohne zu wissen wohin und ohne daß sich irgendjemand darüber aufregt, und immer neue Länder zu sehen. Nirgends fühle ich mich wohl, und ich meine immer, anderswo ginge es mir besser als da, wo ich gerade bin. Nun gut! Beim letzten Markttag im Nachbardorf habe ich drei Männer gesehen, die so leben, wie ich gern le-

fait attention, vous autres. Ils étaient grands, presque noirs, et très fiers, quoique en guenilles, avec l'air de n'avoir besoin de personne. Leurs grands yeux sombres sont devenus tout à fait brillants pendant qu'ils faisaient de la musique; une musique si surprenante qu'elle donne envie tantôt de danser, tantôt de pleurer, ou de faire les deux à la fois, et qu'on deviendrait comme fou si on les écoutait trop longtemps. L'un, en traînant son archet sur son violon, semblait raconter un chagrin, et l'autre, en faisant sautiller son petit marteau sur les cordes d'un petit piano suspendu à son cou par une courroie, avait l'air de se moquer de la plainte de son voisin, tandis que le troisième choquait de temps à autre ses cymbales avec une violence extraordinaire. Ils étaient si contents d'eux-mêmes, qu'ils ont continué à jouer leur musique de sauvages, même après que la foule s'est dispersée. Enfin ils ont ramassé leurs sous, ont chargé leur bagage sur leur dos, et sont partis. Moi, voulant savoir où ils demeuraient, je les ai suivis de loin, jusqu'au bord de la forêt, où j'ai compris seulement alors qu'ils ne demeuraient nulle part.

«Alors l'un a dit: – Faut-il déployer la tente?

«– Ma foi! non! a répondu l'autre, il fait une si belle nuit!

«Le troisième disait en comptant la recette: – Ces gens-là ne sentent pas la musique, et leurs femmes dansent comme des ours. Heureusement, avant un mois nous serons en Autriche, où nous trouverons un peuple plus aimable.

«– Nous ferions peut-être mieux d'aller vers l'Espagne, car voici la saison qui s'avance; fuyons avant les pluies et ne mouillons que notre go-
82 sier, a dit un des deux autres.

83 «J'ai tout retenu, comme vous voyez. Ensuite

ben möchte. Ihr andern habt das gar nicht bemerkt. Sie waren groß, fast schwarz und trotz ihren zerrissenen Kleidern sehr stolz; sie sahen so aus, als brauchten sie niemand anderen. Ihre großen düsteren Augen strahlten, solange sie Musik machten – eine so erstaunliche Musik, daß sie einen bald zum Tanzen, bald zum Weinen bringt oder zu beidem gleichzeitig, und daß man meint verrückt zu werden, wenn man zu lange zuhört. Der eine schien, wenn er mit dem Bogen über die Geige strich, eine traurige Geschichte zu erzählen. Der andere ließ sein Hämmerchen über die Saiten eines kleinen Pianos hüpfen, das er an einem Riemen um den Hals hängen hatte, und wollte sich wohl über die klagenden Töne seines Nachbarn lustig machen. Der dritte schlug von Zeit zu Zeit seine Zimbeln aneinander, mit äußerster Heftigkeit. Sie waren so glücklich in ihrer eigenen Welt, daß sie ihre wilde Musik weiterspielten, als sich die Menge schon verzogen hatte. Zuletzt sammelten sie ihre Groschen, schulterten ihr Gepäck und machten sich auf den Weg. Ich wollte wissen, wo sie wohnen, und folgte ihnen von ferne bis zum Waldrand; erst da begriff ich, daß sie nirgends wohnten.

Nun sagte der eine: ‹Sollen wir das Zelt aufschlagen?›

‹Ach nein›, antwortete der andere, ‹es ist eine so schöne Nacht!›

Der dritte sagte beim Zählen der Einnahmen: ‹Diese Leute verstehen nichts von Musik, und ihre Frauen tanzen wie Bären. Zum Glück sind wir in weniger als einem Monat in Österreich, wo wir freundlichere Menschen antreffen werden.›

‹Vielleicht sollten wir lieber nach Spanien gehen, denn das Jahr neigt sich. Laßt uns vor dem Regen fliehen und nur unsere Kehlen feucht machen›, meinte einer der beiden anderen.

Ich habe alles behalten, wie ihr seht. Dann trank je-

ils ont bu chacun une tasse d'eau-de-vie et se sont endormis, le front tourné vers les étoiles. J'avais eu d'abord envie de les prier de m'emmener avec eux et de m'apprendre à jouer de leurs instruments; mais je n'ai pas osé, sans doute parce qu'il est toujours très difficile de se décider à n'importe quoi, et aussi parce que j'avais peur d'être rattrapé avant d'être hors de France.»

L'air peu intéressé des trois autres camarades me donna à penser que ce petit était déjà un *incompris*. Je le regardais attentivement; il y avait dans son œil et dans son front ce je ne sais quoi de précocement fatal qui éloigne généralement la sympathie, et qui, je ne sais pourquoi, excitait la mienne, au point que j'eus un instant l'idée bizarre que je pouvais avoir un frère à moi-même inconnu.

Le soleil s'était couché. La nuit solennelle avait pris place. Les enfants se séparèrent, chacun allant, à son insu, selon les circonstances et les hasards, mûrir sa destinée, scandaliser ses proches et graviter vers la gloire ou vers le déshonneur.

Les Bienfaits de la Lune XXXVII

La Lune, qui est le caprice même, regarda par la fenêtre pendant que tu dormais dans ton berceau, et se dit: «Cette enfant me plaît.»

Et elle descendit moelleusement son escalier de nuages et passa sans bruit à travers les vitres. Puis elle s'étendit sur toi avec la tendresse souple
84 d'une mère, et elle déposa ses couleurs sur ta
85 face. Tes prunelles en sont restées vertes, et tes

der einen Schnaps, bevor sie einschliefen, die Stirn zu den Sternen gekehrt. Erst hatte ich Lust, sie zu bitten, mich mitzunehmen und mir das Spielen ihrer Instrumente beizubringen; aber ich habe mich nicht getraut, wahrscheinlich, weil es immer sehr schwer ist, sich für etwas zu entscheiden, und auch weil ich fürchtete aufgegriffen zu werden, bevor ich außerhalb Frankreichs wäre.»

Die uninteressierten Gesichter der drei anderen Kameraden machten mir klar, daß dieser Kleine schon ein Unverstandener war. Ich sah ihn mir genau an; in seinem Blick und auf seiner Stirn lag schon jetzt etwas Unheilvolles, das in der Regel keine Sympathien weckt, aber die meine, ich weiß nicht warum, so erregte, daß ich für einen Augenblick den seltsamen Gedanken hatte, ich könnte einen Bruder haben, von dem ich bisher nichts gewußt hatte.

Die Sonne war untergegangen. Die feierliche Nacht brach herein. Die Kinder trennten sich, ein jedes ging – unbewußt, je nach den Umständen und Zufällen – sein Schicksal zu erfüllen, bei seinen Nächsten Anstoß zu erregen und zu Ruhm oder Schande hingezogen zu werden.

Die Gaben der Mondin

Die Mondin, der Inbegriff der Launenhaftigkeit, hat durchs Fenster geblickt, während du in deiner Wiege schliefst, und sich gesagt: «Das kleine Mädchen gefällt mir.»

Und sie stieg weich auf ihrer Wolkentreppe herab und drang geräuschlos durch die Fensterscheiben. Dann breitete sie sich mit der schmiegsamen Zärtlichkeit einer Mutter über dich und legte ihre Farben auf dein Gesicht.

joues extraordinairement pâles. C'est en contemplant cette visiteuse que tes yeux se sont si bizarrement agrandis; et elle t'a si tendrement serrée à la gorge que tu en as gardé pour toujours l'envie de pleurer.

Cependant, dans l'expansion de sa joie, la Lune remplissait toute la chambre comme une atmosphère phosphorique, comme un poison lumineux; et toute cette lumière vivante pensait et disait: «Tu subiras éternellement l'influence de mon baiser. Tu seras belle à ma manière. Tu aimeras ce que j'aime et ce qui m'aime: l'eau, les nuages, le silence et la nuit; la mer immense et verte; l'eau informe et multiforme; le lieu où tu ne seras pas; l'amant que tu ne connaîtras pas; les fleurs monstrueuses; les parfums qui font délirer; les chats qui se pâment sur les pianos et qui gémissent comme les femmes, d'une voix rauque et douce!

«Et tu seras aimée de mes amants, courtisée par mes courtisans. Tu seras la reine des hommes aux yeux verts dont j'ai serré aussi la gorge dans mes caresses nocturnes; de ceux-là qui aiment la mer, la mer immense, tumultueuse et verte, l'eau informe et multiforme, le lieu où ils ne sont pas, la femme qu'ils ne connaissent pas, les fleurs sinistres qui ressemblent aux encensoirs d'une religion inconnue, les parfums qui troublent la volonté, et les animaux sauvages et voluptueux qui sont les emblèmes de leur folie.»

Et c'est pour cela, maudite chère enfant gâtée, que je suis maintenant couché à tes pieds, cherchant dans toute ta personne le reflet de la redoutable Divinité, de la fatidique marraine, de la nourrice empoisonneuse de tous les *lunatiques*.

Seither sind deine Augen grün und deine Wangen besonders blaß. Beim Anblick dieser Besucherin haben sich deine Augen so seltsam geweitet, und sie hat deine Kehle so zärtlich gedrückt, daß du davon für immer eine Neigung zum Weinen behalten hast.

Im Weiterwachsen ihrer Freude aber füllte die Mondin das ganze Zimmer wie ein schimmernder Dunst, wie ein leuchtendes Gift, und dieses ganze lebendige Licht dachte und sprach: «In alle Ewigkeit wirst du unter der Wirkung meines Kusses stehen. Du wirst schön sein auf meine Art.

Du wirst lieben, was ich liebe und was mich liebt: das Wasser, die Wolken, die Stille und die Nacht, das unendliche grüne Meer, das ungeformte und vielgestaltige Wasser, den Ort, wo du nicht bist, den Geliebten, den du nicht kennst, unheimliche Blumen, geistverwirrende Düfte und die Katzen, die sich auf den Klavieren rekeln und wie Frauen seufzen: mit rauher, süßer Stimme.

Und du wirst geliebt werden von meinen Liebhabern, meine Höflinge werden dir den Hof machen. Du wirst die Königin sein der Männer mit den grünen Augen, denen ich auch zärtlich bei der Nacht die Kehle umschlungen habe, der Männer, die das Meer, das unendliche, stürmische, grüne Meer lieben, das ungeformte und vielgestaltige Wasser, den Ort, wo sie nicht sind, die Frau, die sie nicht kennen, die Unglücksblumen, die den Weihrauchbecken einer unbekannten Religion gleichen, die Düfte, die den Willen brechen, und die wilden, wollüstigen Tiere als Wappenbilder ihres Wahns.»

Und darum, du verwünschtes, geliebtes, verzogenes Kind, liege ich jetzt zu deinen Füßen und suche in deinem ganzen Wesen den Abglanz der furchtbaren Gottheit, der schicksalhaften Gevatterin, der giftmischenden Amme aller Mondsüchtigen.

Le Miroir XL

Un homme épouvantable entre, et se regarde dans la glace.

«Pourquoi vous regardez-vous au miroir, puisque vous ne pouvez vous y voir qu'avec déplaisir?»

L'homme épouvantable me répond: «Monsieur, d'après les immortels principes de 89, tous les hommes sont égaux en droits; donc je possède le droit de me mirer; avec plaisir ou déplaisir, cela ne regarde que ma conscience.»

Au nom du bon sens, j'avais sans doute raison; mais, au point de vue de la loi, il n'avait pas tort.

Le Galant Tireur XLIII

Comme la voiture traversait le bois, il la fit arrêter dans le voisinage d'un tir, disant qu'il lui serait agréable de tirer quelques balles pour *tuer* le Temps. Tuer ce monstre-là, n'est-ce pas l'occupation la plus ordinaire et la plus légitime de chacun? – Et il offrit galamment la main à sa chère, délicieuse et exécrable femme, à cette mystérieuse femme à laquelle il doit tant de plaisirs, tant de douleurs, et peut-être aussi une grande partie de son génie.

Plusieurs balles frappèrent loin du but proposé, l'une d'elles s'enfonça même dans le plafond; et comme la charmante créature riait follement, se moquant de la maladresse de son époux, celui-ci se tourna brusquement vers elle, et lui
88 dit: «Observez cette poupée, là-bas, à droite, qui
89 porte le nez en l'air et qui a la mine si hautaine.

Der Spiegel

Ein greulicher Mensch tritt herein und betrachtet sich im Spiegel.

«Warum betrachten Sie sich im Spiegel, wenn Sie sich doch nur mit Mißfallen darin ansehen können?»

Der greuliche Mensch erwidert mir: «Mein Herr, nach den unsterblichen Grundsätzen von 1789 sind alle Menschen gleichberechtigt; ich habe also das Recht, mich im Spiegel zu sehen; ob mit Gefallen oder Mißfallen, das geht nur mein Gewissen an.»

Im Namen des gesunden Menschenverstandes hatte ich zweifellos recht, aber vom Standpunkt des Gesetzes hatte er nicht unrecht.

Der galante Schütze

Als der Wagen durch den Bois de Boulogne fuhr, ließ er ihn in der Nähe einer Schießbude halten und erklärte, er habe gerade Lust, ein paar Kugeln zu verschießen, um die Zeit «totzuschlagen». Dieses Ungeheuer totzuschlagen – ist das etwa nicht die üblichste, rechtmäßigste Tätigkeit eines jeden? – Er bot seine Hand galant seiner geliebten, entzückenden, abscheulichen Frau, der rätselhaften Frau, der er so viele Freuden, so viele Leiden und vielleicht auch einen großen Teil seines Genies verdankt.

Mehrere Kugeln schlugen weitab vom gewünschten Ziel ein, eine bohrte sich sogar in die Decke. Doch als das reizende Geschöpf ganz närrisch lachte und sich über die Ungeschicklichkeit ihres Mannes lustig machte, wendete er sich schroff zu ihr um und sagte: «Schau mal auf die Puppe da hinten rechts, die ihre Nase hoch trägt und so eingebildet aussieht. Paß auf, mein geliebter Engel,

Eh bien, cher ange, *je me figure que c'est vous.*» Et il ferma les yeux et il lâcha la détente. La poupée fut nettement décapitée.

Alors, s'inclinant verrs sa chère, sa délicieuse, son exécrable femme, son inévitable et impitoyable Muse, et, lui baisant respectueusement la main, il ajouta: «Ah! mon cher ange, combien je vous remercie de mon adresse!»

La Soupe et les Nuages XLIV

Ma petite folle bien-aimée me donnait à dîner, et par la fenêtre ouverte de la salle à manger je contemplais les mouvantes architectures que Dieu fait avec les vapeurs, les merveilleuses constructions de l'impalpable. Et je me disais, à travers ma contemplation: «Toutes ces fantasmagories sont presque aussi belles que les yeux de ma belle bien-aimée, la petite folle monstrueuse aux yeux verts.»

Et tout à coup je reçus un violent coup de poing dans le dos, et j'entendis une voix rauque et charmante, une voix hystérique et comme enrouée par l'eau-de-vie, la voix de ma chère petite bien-aimée, qui me disait: «Allez-vous bientôt manger votre soupe, s... b... de marchand de nuages?»

Assommons les pauvres! XLIX

Pendant quinze jours je m'étais confiné dans ma
90 chambre, et je m'étais entouré des livres à la
91 mode dans ce temps-là (il y a seize ou dix-sept

ich stelle mir vor, das bist du.» Und er schloß die Augen und drückte ab. Die Puppe wurde glatt enthauptet.

Hierauf verneigte er sich vor seiner geliebten, seiner entzückenden, seiner abscheulichen Frau, seiner unentrinnbaren, unerbittlichen Muse, und indem er ihr respektvoll die Hand küßte, fügte er hinzu: «Ach, mein geliebter Engel, wie danke ich dir für meine Geschicklichkeit.»

Die Suppe und die Wolken

Mein wildes kleines Liebchen hatte mich zum Essen eingeladen, und durch das offene Fenster des Speisezimmers betrachtete ich die bewegten Architekturen, die Gott aus Dämpfen baut, die wunderbaren Werke im Unberührbaren. Und ich sagte mir, in die Betrachtung versunken:

«Alle diese Traumgebilde sind fast so schön wie die Augen meines schönen Liebchens, des kleinen wilden Scheusals mit den grünen Augen.»

Da bekam ich plötzlich einen kräftigen Faustschlag in den Rücken und hörte eine rauhe, entzückende Stimme, eine übererregte und geradezu schnapsheisere Stimme, die Stimme meines teuren kleinen Liebchens, die sagte: «Willst du jetzt deine Suppe essen, du verd . . . Wolkenkrämer?»

Verprügeln muß man die Armen!

Vierzehn Tage lang hatte ich mein Zimmer nicht verlassen und mich mit Büchern umgeben, wie sie damals Mode waren (es ist sechzehn oder siebzehn Jahre her);

ans); je veux parler des livres où il est traité de l'art de rendre les peuples heureux, sages et riches, en vingt-quatre heures. J'avais donc digéré – avalé, veux-je dire – toutes les élucubrations de tous ces entrepreneurs de bonheur public – de ceux qui conseillent à tous les pauvres de se faire esclaves, et de ceux qui leur persuadent qu'ils sont tous des rois détrônés. On ne trouvera pas surprenant que je fusse alors dans un état d'esprit avoisinant le vertige ou la stupidité.

Il m'avait semblé seulement que je sentais, confiné au fond de mon intellect, le germe obscur d'une idée supérieure à toutes les formules de bonne femme dont j'avais récemment parcouru le dictionnaire. Mais ce n'était que l'ideé d'une idée, quelque chose d'infiniment vague.

Et je sortis avec une grande soif, car le goût passionné des mauvaises lectures engendre un besoin proportionnel du grand air et des rafraîchissants.

Comme j'allais entrer dans un cabaret, un mendiant me tendit son chapeau, avec un de ces regards inoubliables qui culbuteraient les trônes, si l'esprit remuait la matière, et si l'œil d'un magnétiseur faisait mûrir les raisins.

En même temps, j'entendis une voix qui chuchotait à mon oreille, une voix que je reconnus bien: c'était celle d'un bon Ange, ou d'un bon Démon, qui m'accompagne partout. Puisque Socrate avait son bon Démon, pourquoi n'aurais-je pas mon bon Ange, et pourquoi n'aurais-je pas l'honneur, comme Socrate, d'obtenir mon brevet de folie, signé du subtil Lélut et du bien avisé
92 Baillarger?

93 Il existe cette différence entre le Démon de

ich meine die Bücher, in denen die Rede ist von der Kunst, die Völker zufrieden, vernünftig und reich zu machen, und zwar in vierundzwanzig Stunden. Ich hatte sie also verdaut oder jedenfalls verschlungen, die ganzen bemühten Ergüsse all dieser Unternehmer in Sachen Menschheitsbeglückung – der einen, die allen Armen raten, sich selber zu versklaven, und der anderen, die ihnen einreden, sie seien alle entthronte Könige. Man wird es nicht erstaunlich finden, daß ich mich danach in einem Geisteszustand befand, der nah an Schwindel und Verblödung herankam.

Immerhin schien es mir, als fühlte ich im Grunde meines Verstandes den dunklen Keim eines verborgenen Gedankens, der allen Großmutterrezepten überlegen war, deren Aufzählung ich da eben durchgelesen hatte. Aber es war nur der Gedanke eines Gedankens, etwas gänzlich Unfaßbares.

Ich ging mit großem Durst ins Freie, denn der eifrige Genuß schlechter Lektüre führt zu einem entsprechend großen Bedürfnis nach frischer Luft und aufmunternden Getränken.

Als ich eben in eine Kneipe eintreten wollte, hielt mir ein Bettler den Hut hin, und zwar mit einem unvergeßlichen Blick, wie er Throne stürzen würde, wenn der Geist wirklich die Materie bewegte und das Auge des Hypnotiseurs Trauben reifen ließe.

Zugleich hörte ich eine Stimme, die mir etwas ins Ohr flüsterte, eine Stimme, die mir wohlvertraut war: sie gehörte dem guten Engel oder dem guten Dämon, der mich überallhin begleitet. Wenn Sokrates sein gutes Daimonion hatte, warum sollte ich nicht einen guten Engel haben, und warum sollte ich nicht wie Sokrates das Zeugnis der Unzurechnungsfähigkeit bekommen, unterzeichnet von klugen und wohlberatenen Irrenärzten wie Lélut und Baillarger?

Zwischen dem Dämon des Sokrates und meinem be-

Socrate et le mien, que celui de Socrate ne se manifestait à lui que pour défendre, avertir, empêcher, et que le mien daigne conseiller, suggérer, persuader. Ce pauvre Socrate n'avait qu'un Démon prohibiteur; le mien est un grand affirmateur, le mien est un Démon d'action, ou Démon de combat.

Or, sa voix me chuchotait ceci: «Celui-là seul est l'égal d'un autre, qui le prouve; et celui-là seul est digne de la liberté, qui sait la conquérir.»

Immédiatement, je sautai sur mon mendiant. D'un seul coup de poing, je lui bouchai un œil, qui devint, en une seconde, gros comme une balle. Je cassai un de mes ongles à lui briser deux dents, et comme je ne me sentais pas assez fort, étant né délicat et m'étant peu exercé à la boxe, pour assommer rapidement ce vieillard, je le saisis d'une main par le collet de son habit, de l'autre, je l'empoignai à la gorge, et je me mis à lui secouer vigoureusement la tête contre un mur. Je dois avouer que j'avais préalablement inspecté les environs d'un coup d'œil et que j'avais vérifié que, dans cette banlieue déserte, je me trouvais, pour un assez long temps, hors de la portée de tout agent de police.

Ayant ensuite, par un coup de pied lancé dans le dos, assez énergique pour briser les omoplates, terrassé ce sexagénaire affaibli, je me saisis d'une grosse branche d'arbre qui traînait à terre, et je le battis avec l'énergie obstinée des cuisiniers qui veulent attendrir un bifteck.

Tout à coup, – ô miracle! ô jouissance du philosophe qui vérifie l'excellence de sa théorie! – je vis cette antique carcasse se retourner, se redresser avec une énergie que je n'aurais jamais soupçonné dans une machine si singulièrement

steht allerdings der Unterschied, daß der des Sokrates nur tätig wurde, um zu verbieten, zu warnen, zu vereiteln, während meiner zu raten, vorzuschlagen, zu überreden geruht. Der arme Sokrates hatte nur einen Verhinderungsdämon, meiner ist ein großer Bejaher, meiner ist ein Dämon der Tat, ja, ein Dämon des Kampfes.

Und seine Stimme flüsterte mir folgendes zu: «Nur der ist einem anderen gleich, der es beweist, und nur der ist der Freiheit würdig, der sie zu erringen vermag.»

Sogleich sprang ich auf meinen Bettler los. Mit einem einzigen Faustschlag schloß ich ihm ein Auge; es wurde innerhalb einer Sekunde so dick wie ein Ball. Ein Fingernagel brach mir ab, als ich ihm zwei Zähne zerschmetterte. Und weil ich mich bei meinem zarten Naturell und meinem spärlichen Boxtraining nicht stark genug fühlte, den alten Mann rasch niederzustrecken, packte ich ihn mit der einen Hand am Rockkragen, griff ihm mit der anderen nach der Gurgel und machte mich daran, ihn kräftig mit dem Kopf gegen die Wand zu schlagen. Ich muß zugeben, daß ich vorher mit einem Blick die Umgebung überflogen und festgestellt hatte, daß ich mich in dieser verlassenen Vorstadt auf hinreichend lange Zeit außer Reichweite eines Polizisten befand.

Nachdem ich den schwächlichen Sechzigjährigen durch einen Fußtritt in den Rücken, der stark genug war, ihm das Schulterblatt zu brechen, niedergeworfen hatte, ergriff ich einen dicken Ast, der am Boden lag, und schlug mit dem grimmigen Nachdruck der Köche, die ein Beefsteak weich klopfen wollen, auf ihn ein.

Da plötzlich – oh Wunder, oh Glück des Philosophen, der die volle Gültigkeit seiner Theorie erlebt! – sah ich diesen ehrwürdigen lebenden Leichnam sich umdrehen und mit einer Energie aufrichten, die ich in einer so gründlich beschädigten Maschine niemals vermutet hät-

détraquée, et, avec un regard de haine qui me parut de *bon augure*, le malandrin décrépit se jeta sur moi, me pocha les deux yeux, me cassa quatre dents, et avec la même branche d'arbre me battit dru comme plâtre. – Par mon énergique médication, je lui avais donc rendu l'orgueil et la vie.

Alors, je lui fis force signes pour lui faire comprendre que je considérais la discussion comme finie, et, me relevant avec la satisfaction d'un sophiste du Portique, je lui dis: «Monsieur, *vous êtes mon égal!* veuillez me faire l'honneur de partager avec moi ma bourse; et souvenez-vous, si vous êtes réellement philanthrope, qu'il faut appliquer à tous vos confrères, quand ils vous demanderont l'aumône, la théorie que j'ai eu la *douleur* d'essayer sur votre dos.»

Il m'a bien juré qu'il avait compris ma théorie, et qu'il obéirait à mes conseils.

te; mit einem haßerfüllten Blick, der mir als ein *gutes Omen* erschien, stürzte sich der altersschwache Landstreicher auf mich, schlug mir beide Augen blau, brach mir vier Zähne aus und prügelte mich mit dem gleichen Ast windelweich. – Ich hatte ihm also durch meine Roßkur seinen Stolz und das Leben wiedergeschenkt.

Daraufhin machte ich ihm durch viele Zeichen begreiflich, daß ich die Unterredung für beendet hielt, und indem ich mich mit der Befriedigung eines Sophisten der Stoa aufrappelte, erklärte ich ihm: «Mein Herr, Sie sind mir gleich! Erweisen Sie mir bitte die Ehre, meinen Geldbeutel mit mir zu teilen, und bedenken Sie stets, daß man als echter Menschenfreund bei all seinen Mitbrüdern, die einen um eine milde Gabe bitten, die Theorie anwenden muß, die auf Ihrem Rücken auszuprobieren ich das *schmerzliche* Vergnügen hatte.»

Er hat mir denn auch geschworen, er habe meine Theorie verstanden und werde meine Ratschläge befolgen.

Nachwort des Übersetzers

Charles Baudelaire wurde am 7. April 1821 in Paris geboren; sein Vater hatte als sechzigjähriger pensionierter Beamter ein junges, krankhaft sensibles Mädchen geheiratet. Als Charles sechs Jahre alt war, starb der Vater; im Jahr darauf heiratete Madame Baudelaire einen Berufsoffizier. – Der Junge wächst in Internaten auf; nach dem Abitur (1839) widersetzt er sich dem Wunsch des inzwischen General gewordenen Stiefvaters, der ihm in einer Diplomatenlaufbahn forthelfen will: er ist entschlossen, Schriftsteller zu werden. Um ihn aus dem offenbar ziellosen Leben zwischen Bibliotheken, leichten Mädchen und literarischen Freundschaften herauszureißen, beschließt der vom Stiefvater einberufene «Familienrat» (§ 405 ff. des *Code Civil!*), er habe eine lange Seereise zu unternehmen; sie führt 1841/42 bis zur Insel Réunion (damals Insel Bourbon) im Indischen Ozean. Als Baudelaire – volljährig geworden – zurückkehrt, fordert er sein beträchtliches väterliches Erbe und kann in einer schönen Wohnung auf der Ile Saint Louis am Seine-Ufer eine Dandy-Existenz führen. In zwei Jahren bringt er die Hälfte des Geldes durch. Er wird unter Vormundschaft gestellt und bekommt nur noch bescheidene Raten zugeteilt: ab 1844 lebt er in bedrängten Umständen, häufig die kargen Zimmer wechselnd oder bei seiner Geliebten Jeanne Duval hausend, als Schriftsteller, der sich bemüht, seine Aufsätze, Kritiken und E. A. Poe-Übersetzungen, bald auch seine Verse bei den vielen kleinen literarischen Zeitschriften unterzubringen. 1857 erscheinen unter dem Titel *Les Fleurs du Mal* seine Gedichte, die ihn bekannt machen und ihm die Achtung vieler Freunde, aber auch Schmähungen und einen Strafprozeß einbringen. Als er mit 43 Jahren in Brüssel Vorträge hält, sind die Zuhörer erschüttert von seinem greisenhaften Aussehen; die wirre Lebensführung im

allgemeinen, Syphilis, Opium und Alkohol im besonderen haben ihn gezeichnet. Im März 1866 stellen sich erste Lähmungen ein. Der Dichter kann nicht mehr sprechen. Am 31. August 1867 stirbt er in einer Pariser Klinik.

Jedes Bild Baudelaires, ganz gleich, ob wir die Selbstbildnisse des begabten Zeichners, frühe Dokumente der Photographie oder die Porträts von Manet oder Courbet betrachten, vermittelt uns den gleichen Eindruck vom Dichter: ein glühend intensiver Mann mit hoch gesteckten Zielen schaut uns an, aber die Mundwinkel verraten den desillusionierten, mitleidlosen Kritiker des Unzulänglichen bei sich und anderen. Die immer wieder enttäuschte Sehnsucht nach unbeschmutzter Schönheit und die Qual der Selbstvorwürfe (für das eine und das andere mögen die Texte *Das doppelte Zimmer* und *Um ein Uhr nachts* in diesem Band stehen) münden in eine Art Dauerleiden am «Spleen», der im Sprachgebrauch jener Zeit nichts mit unserem Verständnis von «spleenig» als «überdreht» zu tun hat, sondern bedrückenden Weltschmerz und Überdruß an einem Leben meint, das sich nicht nach einem Ideal formen lassen will und in die Hysterie führt, «deren furchtbare Hand die Kehle zudrückt» *(Der Gaukler)*. Baudelaire kann sich nicht mehr, wie die Schriftstellergeneration vor ihm, an einer antiken Scheinwelt orientieren; er mag um des Klanges willen einmal die Totenrichter Minos, Aiokos und Rhadamanthys erwähnen *(Der schlechte Glaser)*, aber die eigene Situation läßt keine Bezüge mehr zu, sondern nur die Auseinandersetzung mit der bezaubernden und quälenden Realität, von der man allenfalls ein paar Facetten zum Symbol überhöhen kann. Der Drang zur fessellosen Unabhängigkeit wird immer wieder zuschanden: die stoische Haltung und ästhetische Perfektion des Dandy zerbricht an der Notwendigkeit, mit Familie und Verlegern um Geld zu feilschen, das geliebte Halbblut

Jeanne – hundertfach in Versen und in den Prosagedichten besungen – lockt nach jedem «endgültigen» Bruch oder Verzicht mit voraussehbarer Unwiderstehlichkeit. Ein Beispiel mag für viele gelten: natürlich müßte Baudelaire nach seiner selbstgewählten Haltung über Auszeichnungen erhaben sein, aber das Kreuz der Ehrenlegion würde ihm bei den Spießbürgern Achtung verschaffen, auf die die Mutter hört, und damit bewirken, daß sie endlich seinen Wert erkennt. Diese Einsicht wiederum hindert Baudelaire nicht, sich über das Ansinnen von Freunden zu entrüsten, die ihm ihre Vermittlung für den begehrten Orden antragen: «Kurz, ich habe den Flegeln geantwortet wie ein Flegel. Je unglücklicher ich werde, um so mehr wächst mein Hochmut» (1860). So nimmt die Einsamkeit zu, die der Dichter zugleich braucht und fürchtet: *Die Massen* ist ein Zeugnis für diesen Seelenzustand, und wenn Baudelaire den Dichter darin als *promeneur solitaire et pensif* bezeichnet, so bietet er uns eine einprägsame Formel unter den vielen möglichen für seine Existenz: Welten trennen ihn von Rousseaus Credo, der Mensch sei zum Besseren hin erziehbar, aber sein Werk und insbesondere die Prosagedichte könnten den gleichen Titel tragen wie Rousseaus *Réveries d'un promeneur solitaire* ...

Baudelaire schrieb seine *Poèmes en prose* als die einzigen nennenswerten Werke der letzten zehn Jahre seiner Schaffenszeit, also nach Ruhm und Skandal seiner Gedichtveröffentlichungen. Ab 1855 wurden einzelne Stücke von Zeitschriften und Anthologien gebracht, aber erst nach seinem Tode, 1869, sorgten Freunde für ihr Erscheinen als Buch, und zwar nicht, wie Baudelaire es offenbar gewünscht hatte, unter dem Titel *Spleen de Paris*, sondern als *Petits poèmes en prose*. Unser Band bringt eine Auswahl von fünfundzwanzig der insgesamt fünfzig – natürlich haben wir uns bemüht, einen möglichst «repräsentativen Querschnitt» zu geben, der wi-

derspiegelt, was der Dichter erstrebte und in einer langen Widmung an seinen Freund Arsène Houssaye so formuliert hat, wie wir es als Zitat diesem Buch vorangestellt haben. Vorbild waren ihm, wie er schreibt, die Prosagedichte von Aloysius Bertrand (1807–1841), den die Symbolisten als eines ihrer Vorbilder betrachteten. Baudelaire will, was Bertrand in *Gaspard de la Nuit* für eine genial beschworene Welt des Mittelalters geleistet hat, «für das moderne Leben versuchen». Daher auch sein Titelwunsch, weil das moderne Leben für ihn das Leben in Paris ist.

Für den heutigen Leser ist der Reiz, der von der Sprache Baudelaires in den Prosagedichten ausgeht, nur schwer faßbar, zumal in deutscher Übertragung. So rechtfertigt sich diese zweisprachige Ausgabe ganz besonders, und mehr als bei vielen anderen Bänden der Reihe soll die Übersetzung nichts weiter sein als eine Brücke zum allein wichtigen Original, wie das bei Veröffentlichungen von fremdsprachiger Lyrik inzwischen glücklicherweise die Regel geworden ist. Wir hoffen sehr, daß der geneigte Leser, wenn er dieses Bändchen aus der Hand legt, Baudelaire nicht, wie es Richard Dehmel getan hat, als «hysterischen Kammerpoeten» abtut. Vielen wird es wohl zwischen Ablehnung und Faszination so ergehen, wie Rilke es in einem Brief von sich bekannt hat: «In der Nacht stand ich auf und suchte meinen Lieblingsband Baudelaire, die *Petits poèmes en prose*, und las laut das schönste Gedicht, das überschrieben ist *À une heure du matin*... Wie war er [Baudelaire] mir fern in allem, meiner Fremdesten einer; oft kann ich ihn kaum verstehen und doch, manchmal tief in der Nacht, wenn ich seine Worte nachsprach wie ein Kind, da war er mein Nächster...»

ufm

Anzeige des Deutschen Taschenbuch Verlages

1. Paris ist nicht Frankreich.
2. Was heißt «modern»?

Beim Überlegen, welches nächste Taschenbuch den Leser des vorliegenden ansprechen könnte, kam uns in den Sinn:

Stendhal, Mémoires d'un Touriste / Reisen in Südfrankreich. – dtv 9280.

Aus diesem Band haben wir zwei Doppelseiten herausgesucht, auf denen ein paar klassische Stendhal-Elemente anklingen: Seine Napoleon-Verehrung, sein Blick für Städtebau und Landschaft, speziell für Bäume, sein Interesse an Verkehrstechnik, sein Engagement für aufgeklärte kommunale und regionale Politik.

Was in der Leseprobe nicht, in besagtem Taschenbuch aber sehr wohl vorkommt, sind folgende Elemente: Stendhals Begeisterung für alles Römische und Romanische in Architektur und Lebensgefühl, sein frischer Antiklerikalismus, seine Abenteuerlust und seine etwas verwegene und sehr ritterliche Auffassung von der Liebe.

3. Was wären wir ohne Stendhal!
4. Was wären wir ohne Baudelaire!
5. Was wären wir ohne noch einige andere Franzosen!

Darum lohnt es sich, das Gesamtverzeichnis der Reihe dtv zweisprachig anzufordern. Es gibt da gut zwanzig französisch-deutsche Titel.

Deutscher Taschenbuch Verlag, Postfach 40 04 22, D-8000 München 40.

– Grenoble, le 8 août 1837

(...) Je loge rue Montorge, chez Blanc, *hôtel des Trois Dauphins,* dans la chambre n° 2, qu'occupa Napoléon à son retour de l'ile d'Elbe. C'est sous les fenêtres de cette chambre que les jeunes gens de la ville lui apportèrent, dit-on, les énormes vantaux en bois de la porte de *Bonne,* qui avait eu le tort de se fermer un instant devant lui. C'est dans la chambre où j'écris qu'un jeune juge de Grenoble, M. Joseph Rey, osa lui dire que la France l'aimait comme un grand homme, l'admirait comme un savant général, mais ne voulait plus de dictateur qui, en créant une nouvelle noblesse, avait cherché à rétablir tous les abus presque oubliés.

Le discoours de M. Rey, qui pouvait avoir cinquante lignes, fut imprimé en deux heures et à vingt mille exemplaires, et le soir tous le Grenoblois le répétaient à Napoléon. S'il eût compris cette voix du peuple, lui ou son fils régnerait encore, mais la France eût perdu sa supériorité littéraire, celle de toutes qui, ce me semble, lui fait le plus d'honneur.

Ma fenêtre donne sur une sublime allée de marronniers hauts de quatre-vingts pieds, plantés par Lesdiguières, le représentant et le type du caractère dauphinois (brave et jamais dupe). Malheureusement ces beaux arbres, qui se trouvent précisément au centre de la ville et en face d'une belle montagne, ont fait leur temps. Ils sont âgés de plus de deux cents ans, et chaque orage abat quelque grosse branche. Mais le plus beau de tous, qu'on appelle *Lesdiguières,* se porte encore fort bien, malgré le boulet reçu le 6 juillet, et dont je suis allé vénérer la marque. (...)

Ich wohne in der rue Montorge, im «Hôtel des Trois Dauphins» des Herrn Blanc, und zwar im Zimmer Nr. 2, das Napoleon bei seiner Rückkehr von der Insel Elba bewohnt hat. Unter die Fenster dieses Zimmers brachten ihm, so wird erzählt, die jungen Männer der Stadt die riesigen hölzernen Torflügel der «Porte de Bonne», die sich unbedachterweise einen Augenblick lang vor ihm geschlossen hatten. In dem Zimmer, in dem ich jetzt schreibe, wagte Joseph Rey, ein junger Richter aus Grenoble, ihm zu sagen, daß Frankreich ihn liebe als großen Mann, ihn verehre als klugen General, aber daß es nicht noch einmal einen Diktator wünsche, der fast vergessene Mißbräuche wieder einführen wollte, indem er einen neuen Adel schuf. Die höchstens fünfzig Zeilen lange Rede Reys wurde binnen zwei Stunden in zwanzigtausend Exemplaren gedruckt, und am Abend sprach ganz Grenoble in diesem Sinne zu Napoleon. Hätte er die Stimme des Volkes verstanden, so würde er oder sein Sohn vielleicht noch heute regieren. Dafür hätte Frankreich seine literarische Überlegenheit verloren, die ihm meiner Meinung nach am allermeisten Ehre macht.

Mein Fenster geht auf eine herrliche Allee mit achtzig Fuß hohen Kastanienbäumen, einst gepflanzt von Lesdiguières, dem wahren Vertreter des im Dauphiné vorherrschenden Charakterzuges: tapfer sein und sich nie etwas vormachen lassen. Leider haben die schönen Bäume, die ausgerechnet im Stadtzentrum und vor einer schönen Anhöhe stehen, ihre besten Tage schon hinter sich. Sie sind über zweihundert Jahre alt, und jeder Sturm bricht irgendeinen dicken Ast herunter. Die prächtigste aller Kastanien, Lesdiguières genannt, ist aber noch in gutem Zustand, obwohl sie am 6. Juli von einer Kanonenkugel getroffen worden ist, deren Spur ich mir ehrfurchtvoll angesehen habe.

Je craignais de trouver à Grenoble ce vilain petit pavé pointu qui à Lyon m'empêchait de marcher; mais les Grenoblois sont gens d'esprit, sept de leurs rues sont déjà pavées en pierres plates, que l'on tire de Fontaine, et dans six ans il n'y aura plus de pavés pointus. Le Maire de la ville travaille douze heures par jour, et le conseil municipal est composé de gens d'esprit, la plupart jeunes et *libéraux*. Plût à Dieu de Paris fût administré par ces messieurs! il ne s'enlaidirait pas à vue d'œil. (...)

J'ai admiré en passant le fameux pont du Drac, chef-d'œuvre de M. Crozet, ingénieur en chef de l'Isère, construit bien avant les ponts suspendus de Paris qui auraient bien dû le copier; il a cent trente-cinq mètres d'ouverture entre les deux points de suspension, le tablier a cent trente mètres; il a fallu cent quinze mille kilogrammes de fer qui, rendus à pied d'œuvre, ont coûté soixante-quinze mille francs, à soixante-cinq francs le quintal métrique. (...) Les barres devaient subir de fortes épreuves, et l'on ne recevait pas les barres qui se cassaient.

J'ait été attrapé, il y a huit jours, quand on m'a mené à Vizille par la route du pont de Claix, la plus impatientante du monde. C'est une double allée d'arbres de huit mille deux cents mètres de long qui s'étend en ligne droite de la porte de la Graille (...) au pont de Claix. Les arbres, surtout vers le pont, sont chétifs; on a mal choisi les espèces; il faillait des blancs de Hollande, des peupliers, de ces arbres qui croissent dans le sable. Jadis, vers 1770, il y avait des peupliers de soixante pieds de haut, mais la mode vint à abandonner ces grands arbres, on les coupa. (Abattre un grand arbre! quand ce crime sera-t-il puni par le code?)

Ich fürchtete in Grenoble das häßliche kleine Kopfsteinpflaster vorzufinden, das mich in Lyon am langen Gehen hinderte. Aber die Grenobler sind kluge Leute: Sieben ihrer Straßen sind schon mit Steinplatten gepflastert, die man aus Fontaine bezieht, und in sechs Jahren soll das letzte Kopfsteinpflaster verschwunden sein. Der Bürgermeister arbeitet zwölf Stunden am Tag, und der Stadtrat besteht aus vernünftigen Leuten, die zum größten Teil jung sind und liberal eingestellt. Gebe Gott, daß Paris von solchen Männern verwaltet würde! Es würde nicht zusehends häßlicher.

Ich bewunderte die berühmte Brücke über den Drac, ein Hauptwerk des Chefingenieurs Crozet, der für das Isère-Gebiet zuständig ist. Diese Brücke, lange vor den Pariser Hängebrücken gebaut, hätte ihnen als Vorbild dienen können. Die Spannweite zwischen zwei Aufhängepunkten beträgt 135 Meter, die Fahrbahn hat 130 Meter Länge; es wurden 115 000 kg Eisen benötigt, die nach Lieferung an Ort und Stelle 75 000 Franken kosteten, das entspricht einem Doppelzentnerpreis von fünfundsechzig Franken. Die Stabeisen von fünf Meter Länge waren starken Belastungen ausgesetzt; brüchiges Eisen nahm man nicht ab.

Als man mich vor acht Tagen nach Vizille führte, war ich sehr angetan von der Straßenbrücke von Claix; sie ist wohl die aufregendste der Welt. Eine acht Kilometer und zweihundert Meter lange doppelte Allee führt in gerader Linie von der Porte de la Graille zu dieser Brücke. Die Bäume, vor allem näher zur Brücke hin, sind schmächtig; man hat nicht die richtige Sorte gewählt; weiße Pappeln aus Holland wären gut gewesen, das sind Bäume, die auf sandigem Boden gedeihen. Etwa um 1770 gab es hier noch sechzig Fuß hohe Pappeln, aber solche großen Bäume kamen aus der Mode, und so fällte man sie. (Einen großen Baum umlegen! Wann wird dieses Verbrechen durch das Gesetz geahndet?)

Inhalt